名家经典散文丛书

消失在人群中的剪影

（印）泰戈尔　著

贺小力　译

江苏凤凰文艺出版社
JIANGSU PHOENIX LITERATURE AND ART PUBLISHING, LTD

图书在版编目（CIP）数据

消失在人群中的剪影 / (印) 泰戈尔
(Rabindranath Tagore) 著 ; 贺小力译 . -- 南京 : 江
苏凤凰文艺出版社 , 2018.4 （2024.2 重印）
（名家经典散文丛书）
ISBN 978-7-5594-0659-0

Ⅰ . ①消… Ⅱ . ①泰… ②贺… Ⅲ . ①散文集 – 印度
– 现代②诗集 – 印度 – 现代 Ⅳ . ① I351.15

中国版本图书馆 CIP 数据核字 (2017) 第 136385 号

书　　名　消失在人群中的剪影

著　　者　（印）泰戈尔
译　　者　贺小力
责任编辑　黄孝阳　王　青
出版发行　江苏凤凰文艺出版社
出版社地址　南京市中央路 165 号，邮编：210009
出版社网址　http://www.jswenyi.com
印　　刷　三河市双升印务有限公司
开　　本　880 × 1230 毫米　1/32
印　　张　8.75
字　　数　210 千字
版　　次　2018 年 4 月第 1 版　2024 年 2 月第 4 次
标准书号　ISBN　978-7-5594-0659-0
定　　价　69.80 元

目录 CONTENTS

孟加拉剪影

一

班多拉，海滨，1885 年 10 月

一览无遗的海面上波起浪涌，泛着白色的泡沫。这不禁令我想到一头困兽，在绳索里奋力挣扎，我们在岸边——它的血盆大口之前——建起家园，看着它猛烈地甩动尾巴。如此巨大的力量啊，滚涌的浪潮仿佛是那巨人的肌肉！

自造物之初，便有了陆地与海洋的斗争：干涸的大地缓慢而无声地扩张着它的领地，为它的子孙创造出越来越宽广的栖息地；海洋步步退缩，波涛翻卷着、呜咽着，在绝望中捶胸顿足。别忘了，大海曾经是独步天下的君王，拥有无边的自由。

陆地由它的腹中升起，篡夺了它的王位。从此以后，那狂怒的老家伙便顶着灰白泡沫的浪峰，持续不断地哀号恸哭，一如暴露在狂怒的自然之中的李尔王。

二

1887 年 7 月

我在生命的第二十七个年头了。这件事一直如我心头的芒刺——似乎近来就没有别的什么事好让我挂心了。

可是二十七岁了，这是件微不足道的事情么？人生二十至三十岁的旅程走过了大半？三十。三十而立。在这个年龄里，人们期待收获果实，而非嫩叶。可是，唉，果实的希望到底在何方？我摇了摇头，这脑袋仍然满溢着青春的率性，哪有一丝哲学的踪迹。

大家开始抱怨："当你还是棵柔嫩的绿芽时我们就对你满怀期望，我们所期待的那个你到哪里去了呢？我们难道要一直忍受你的不成熟吗？是时候让我们了解能从你身上得到什么好处了。我们需要一份评估，看看那蒙着眼拉磨的公正的批评家，能从你身上磨出多少油水来。"

不可能再哄骗这些人满怀期望地等待下去了。在我还未成年之时，他们深信不疑地对我赞赏有加；如今我已站在三十岁的边缘，不得不让他们失望了。只是我该怎么办呢？智慧箴言不会自己冒出来！我完全无法提供任何东西，能够泽被众人。除了一些诗歌，几篇漫谈，一点戏谑之作，我别无所有。因此，那些对我寄予厚望的人们，转而向我倾泻他们的愤怒，可当初又有谁乞求他们这样对我报以期望呢?

这些想法一直困扰着我,自从那个美好的白沙克月的清晨,我在风和日丽、草木荣华中醒来,发觉自己踏入了生命中的第二十七个年头。

三

迦利格拉姆 1891年

我感到一种慵懒的安逸和惬意的轻松。

这是这一带人们的一种普遍心境。一条河流过,舒适地蜷在漂浮的水草织就的被子里,看不见一丝水波流动,它似乎在思索——“既然可以不往前游动,我为什么还要费劲去游动呢?”因此岸边成行的莎草几乎受不到任何打扰,直到渔夫带着渔网向河边走来。

四五条大船停泊在附近,彼此紧靠着。其中一条船的上甲板上,一个船夫正在酣眠,从头到脚地裹在被单里。另一条船上,同样沐浴着阳光的船夫正悠闲地将纱线搓成绳索。第三条船的下甲板上,一个看起来稍年长些的家伙,赤膊倚在船桨上,神色茫然地瞪着我们的船。

河岸上的人形形色色,可是为什么他们来来往往,踱着闲散轻悠的步伐,抑或抱膝而坐,又或者茫茫然凝视着虚空,没有人猜得出答案。

视野里唯一活跃的就是那群鸭子了,它们鼓噪地嘎嘎叫着，将脑袋扎入水中，旋即又浮出水面，为了抖落身上的水滴，仿佛它们在不断地探寻水面下埋藏的秘密，而每一次又不得不摇头，报告着:“什么也没有！什么也没有!”

这里白天的十二个小时在阳光下昏昏沉沉，另外十二个小时裹在黑暗的斗篷下又悄然入睡。在这样一个地方，你唯一想做的事情就是对着风景，凝视又凝视，放飞你的想象来回翱翔，偶尔哼上一首小曲儿，朦胧地打个盹，如同母亲在冬日的正午，背对着暖阳，低吟浅唱，摇着孩子入梦。

四

萨查德普尔　1891年2月

就在我窗前的溪流对岸，有一群吉卜赛人安了家，搭起了竹架子，上面盖着竹篾垫子和布片。只有三个这样的小帐篷，人站在里面直不起腰来。他们习惯了露天生活，只有晚上才会爬进这些矮小的住所，蜷缩在一起睡觉。

吉卜赛人向来如此：无家可归，也不愁房租，乐得带上孩子、猪狗，四处流浪，时常引来警察警惕的目光。

我常常观察靠近我的人们的举动，他们黝黑却俊朗，身体健壮，很像西北部的乡民。他们的女人也很俏丽，有着苗条、颀长又结实的身形，举止自由随意，颇有英国女人的风范。

一个男人刚把饭锅架在了火堆上，现在正削着竹篾，编制篮筐。他的妻子拿着一面小镜子，用一块湿布不断地擦洗脸颊，接着整理了一下上衣，衣冠整洁地来到她的男人身边，坐在他身旁，不时帮他做点活。

他们是真正的大地之子，生于斯，长于斯，最后终将埋骨于此。在广袤的天空下，无垠的土地上，他们日夜相继、餐风饮露，过着一种独一无二的生活。令人惊奇的是，工作、爱情、儿女、家庭责任……普通人有的一切他们一样都不少。

他们从不虚度时光，总是忙忙碌碌。一个女人自己的活干完了，就到另一个女人的身后，替她解开发髻捉虱子。她们俩有没有谈论那三个帐篷里的家庭琐事我就不得而知了，距离太远只能靠揣度。

这天早晨大约八九点的光景，一阵巨大的骚动扰乱了原本平静的吉卜赛部落。他们当时正把晚上盖的破旧被褥铺到帐篷顶上，好让太阳晒晒、让风吹吹。一群猪和它们的幼崽在坑里躺成一团，看起来就像一堆泥。一户人家的两只狗踩在它们的背上，驱赶猪群，使得猪们哼哼着觅食去了。它们不满地尖叫，抗议寒夜后的阳光浴被破坏了。我正在写一封信，不时心不在焉地往外瞥一眼，骚动就在此时突然发生了。

我起身走到窗前，发现吉卜赛人的住处聚集了一群人。一个长官模样的人挥舞着他的手杖，言辞激烈。吉卜赛人的头领被吓坏了，紧张地试图解释什么。我猜测有什么可疑的事情发生，把警官引来了。

有个女人依旧坦然地坐在那里，忙着削竹篾，仿佛周围没有别人，所有的争吵都能视而不见。然而，她突然跳了起来，走到警官的面前，激烈地挥舞着手臂，将他骂了个狗血喷头。眨眼工夫那警官的气焰就收敛了大半，他试图表示一下温和的抗议，却一句话也插不进去，只好灰溜溜地走了，和之前判若两人。

等他退到了一个安全的距离，又转过身来吼道:“听着，你们必须从这儿滚蛋!”

我以为我的邻居们会立刻收起帐篷、竹篾，带着他们的牲畜、儿女，背着行囊离开。不过现在还一点迹象没有呢。他们仍然若无其事地削着竹篾，照样煮饭，甚至还打算建一个厕所。

五

萨查德普尔　1891 年 2 月

邮局就在我们的产业大楼里——这实在是很方便，信一旦送达，我们立刻就能拿到。有些夜晚，邮局局长会上楼来和我闲聊。我喜欢听他的天方夜谭。

他用最严肃可信的方式讲述最荒唐无稽的故事。

昨天，他告诉我这一带的人对神圣的恒河抱有怎样深的敬畏。若他们有一位亲人逝世，他说，而他们又没有办法将他的骨灰撒进恒河，他们会从火葬堆上取一块他的骸骨磨成粉，一直保留着直到他们遇见某个曾经喝过恒河水的人。他们将这粉末，混藏进通常待客用的平锅烟[1]里，然后欣慰地想象他们逝去亲人的一部分遗骸，接触了圣水，终得净化。

我笑着评论道："这一定是胡编乱造。"

他陷入沉思，过了一会儿，他说道："嗯，或许是吧。"

六

萨加特普尔　1891 年 6 月

我们的船停泊的岸边，草地上清香袅袅，土地的热气阵阵袭来，真切地触到我的肌肤。我感到那是大地温暖而生机勃勃的鼻息，而她也一定能感觉到我的呼吸。

禾苗在柔风中摇曳，鸭子们时而潜入水中，时而用喙整理着自己的羽毛。小船随着水波微微地来回荡漾，除了舷门撞击船身发出的微弱而凄凉的嘎吱声外，四下里阒寂无声。

离这儿不远，有一个渡口。衣色斑斓的人群聚集在菩提树下，等待渡船折返；船甫一靠岸，他们便争先恐后地往上挤。这样的情景我乐意连续看上几个小时。今天是对岸村庄的赶集日，怪不得渡船如此繁忙。有的人扛着一捆捆的干草，有的挎着竹篮，有的肩扛麻布袋；有些人正赶往集市，另一些人则从集市归来。就这样，在这个静谧的晌午，人群汇成

① 包裹着香料的蒟酱叶。

一股溪流，在两座村庄之间的河流上缓慢穿行。

坐在那里我不禁陷入了沉思：为何总有一层沉郁的深影，笼罩在我们国家的田野与河岸、天空和阳光之上？我得出的结论是，对我们来说自然显然是更为重要的东西。天空如此自由，田野一望无际；阳光将它们吞没，形成了一个恢宏的整体。置身其间，人类显得如此微不足道。他来来往往，如同一只渡船，从此岸到彼岸；他嗡嗡的乱语，歌声的断续回响依稀可闻；在这个世界的集市上，他为自己的琐碎心愿奔走的情形依稀可见：可在这广阔辽远的自然里，所有这一切显得是那么弱小，那么短暂，充满无谓的忧思。

远眺河对岸田野边缘那一线影影绰绰的青色树林，自然的美丽、辽远和纯粹的平和，如此宁谧、无为、默然、深不可测。而我们自己的日常烦恼——如此琐碎、忧心忡忡、扰扰攘攘。这鲜明的对照令我神思恍惚。

大自然隐而不见，蜷缩在云和雾、雪与黑暗之下的地方，人类才感到自己是主人。他将自己的愿望、工作，视为永恒，要让它们万古不朽，他寄望于子孙后代，他为自己树碑立传，他甚至不惜替死者建造墓碑。他是如此忙碌，以至于竟没有时间去考虑有多少纪念碑倒塌，有多久名字便遭到遗忘！

七

萨查德普尔　1891年6月

昨晚我做了一个非常离奇的梦。整座加尔各答城都处于一种神秘氛围之中，房屋在暗沉的迷雾里依稀可见。在浓雾面纱的遮掩下，奇怪的事情发生了。

我正乘着马车途经公园大街，经过圣泽维尔学院[①]时，我发现它开始迅速生长，在雾霾的包裹下很快就看不清它的高度了。于是我确信，一定是有人花钱雇了一群巫师来到了加尔各答，不然如何解释这种种奇观呢。

我回到了乔拉桑哥的房子里，才发现这儿也有巫师出没。他们相貌丑陋，蒙古人打扮，留着稀疏的小胡子，下颏处伸出几缕发辫。他们能让人生长。有些姑娘想要变高，巫师就往她们头上撒些药粉，她们的个头就迅猛上窜。我见到每个人都忍不住念叨："这太难以置信了——就像在做梦！"

然后有人提议道，我们的房子也该再高一点。巫师们同意了，作为准备工作，先得拆除房屋的一部分。拆卸完毕，他们索要起酬劳来，否则就要罢工。管账先生对此激烈反对，哪有事情没干完就给钱的道理？巫师听罢大发雷霆，将整个

---

① 译注：圣泽维尔学院是加尔各答大学下属最好的学院之一，学院成立于1860年，有150年的历史，是一所基督学院。

建筑扭曲到令人恐惧的地步，人和砖块都搅在了一起，身体卷在了墙里，只露出头和肩膀来。

看来这完全是一桩恶魔的交易，就像我对哥哥说的那样。“你瞧，”我说道，“遇到这事还能怎么办。我们最好祈祷神灵保佑！”然而不管我如何试图以神之名诅咒这些魔鬼，我的心脏像要停止跳动一般，一句话都说不出来。接着我就醒了。

一个有趣的梦，不是么？加尔各答掌控于撒旦之手，在恶魔之雾的黑暗笼罩下，邪恶地生长。

八

萨查德普尔　1891 年 6 月

这个码头上还有另一条船，船前边的岸上站着许多村妇。有些人显然正要踏上旅途，而其他人则在为她们送行；婴儿、面纱和银发在这熙攘之中混作一团。

其中有一个女孩特别引起了我的注意。她约摸十一二岁的样子，但是体态丰盈而壮实，说她有十四五岁也不足为奇。她长着一张引人注目的脸蛋——很黑，但是相当漂亮。她的头发剪得很短，像男孩子一样，很称她那单纯、天真又机警的神情。她手里抱着个小孩，正用不加掩饰的好奇目光盯着我，眼神里自然也少不得透出一股率真和灵性。单是她那介乎男孩和女孩之间的气质就够吸引人了——男性的坚毅和女性的妩媚的奇妙融合。我未曾想到我们孟加拉的乡村还有这种类型的女孩。

显然，这家人都不太习惯忸怩作态。其中一个女人在阳光下解开了发髻，用她的手指梳理起来，同时还扯开了嗓门和另一个船上的女人拉起了家常。我了解到她只有一个独生女儿，那傻孩子言行举止都不正常，甚至连人的亲疏远近也分辨不清。我还知道了戈帕尔的女婿原来是个什么也干不好的白痴，所以他的女儿总不肯去夫家。

最终，启程的时刻到了，我那有着浑圆的手臂，戴着金色手镯、天真无邪又神采奕奕的短发少女，被她们送上了船。我能猜想出她正从娘家回到丈夫家里去。他们全都站在那儿，目送着小船离岸，有一两个人用她们的纱丽那宽大的下摆擦拭泪水。一个头发紧紧束成辫子的小姑娘，正紧搂着一位年长妇人的脖子，在她的肩上无声地哭泣。或许她要失去一位亲爱的蒂蒂玛尼[1]了，以后再也没有人和她一起玩娃娃，调皮的时候也不会有人教训她了……

小船悄然无声地顺流漂走，似乎增添了离别的惆怅——这像极了死亡——逝者消失于眼前，留下的那些人擦干泪水，继续日复一日的生活。的确，悲痛不会持续多久，或许早就已经平复了，不论是对于那些离开的，还是那些留下的人——痛苦是一时的，遗忘却是永远的。但尽管如此，痛苦

① 姐姐通常被叫做宝石姐姐（蒂蒂玛尼）。

才是真实的，而非遗忘；偶尔的，在生离死别中，我们终于明白它是何等真实。

九

西拉伊达哈　1891年10月

渡口泊着许多船，彼此紧挨着。离乡背井整整一年的人们，提着塞满礼物的大包小包、篮篮筐筐，纷纷从遥远的工作地返乡，庆祝杜尔迦节[1]。有条船快靠岸了，我留意到一位先生，他换上了簇新的、折叠起皱的薄纱腰布，穿上了中国式的丝绸外衣，细心地调整好围巾，高擎着雨伞走向村口。

沙沙的浪潮在稻田里涌动，芒果树、椰子树高耸入云，松软的云彩飘浮在远处的天际，棕榈叶的边缘在柔风中招摇，滩涂上的芦苇正值花期……这一切组成了一幅令人愉悦的图景。近乡情怯的人儿，盼望与家人的团聚，秋日的天空，温柔的晨风，振颤的树枝与河水的波纹……世间万物，自然生息，让我这孤独地临窗眺望的青年，感到了难言的喜悦与哀愁。

从路旁窗口对世间的一瞥，带给我新的希冀，或者毋宁说，是久已有之的渴望又焕发新生。前天，我坐在小船的窗

---

① 译者注：杜尔迦节是拜杜尔迦女神的节日，它是印度的主要节日之一，也是印度西孟加拉邦人最盛大的节日，每年十月初开始。

前，一叶渔舟飘然而过，渔夫那不怎么动听的歌声，却唤起了我童年的回忆。那是多年前的一个晚上，我们乘船游览帕德玛河。我在夜里两点醒来，探出窗外，水面平静得没有一丝涟漪，隐隐映现出月色，一个小伙子独自划着一艘小船，唱着甜美的渔歌，那是我从未听过的美妙旋律。

我突然就憧憬着，如果时光能倒流至那一天，我将会尝试另一种生活。这一次我不会让它空洞乏味，充满懊悔，而是吟唱着诗人的歌谣，于潮起潮落间遨游天地，用歌声征服人们的心灵。我要探寻世上的未知，结识更多的人，也让他们了解我。我将迸发出生命和青春的激情，就像一阵狂风吹过。最后我告老还乡，过着充实的晚年，诗意地栖居。

这并非什么崇高的理想，不是么？奉献社会无疑是更高的人生境界，但我完全不是那样的人，从未有过这样伟大的志向。我不愿为了一场人为造成的饥荒牺牲我的生活——这最珍贵的赐予。我更不愿绝食、冥想、进行无休止的辩论，去诓骗世界、人心。世界在我眼中，既不是造物主的幻想，也不是魔鬼的圈套。我热爱并信任这个世界，只要像普通人一样生老病死就足够了，从不奢望死后成为虚无缥缈的天使。

十

西拉伊达哈　1891年迦哩底迦月[1]（10月）2日

自从来到乡下，我就不再将人视作独立的存在了。就像河水要流经许多地方一样，扰攘的人流也蜿蜒穿过森林、村庄和市镇。纵使人们熙来攘往，但我永远潺潺不息，这并非是真实的对照。人类所有大大小小的支流，流动不止，如同河流一样，从它的生命之源不断奔向死亡之海——两端是黑暗的神秘，中间各种各样的游戏、劳动和喧哗，无止无休。

那边农夫们正在田野里歌唱，这边渔船一只只漂过。白日缓慢流逝，阳光也炙热起来。一些人还在河里洗澡，另一些人洗完了，正把盛满了的水罐带回家中。如此，几百年的岁月哼唱着流经河的两岸，主调里满是哀婉的合唱：我将永远潺潺不息。

正午的静默中，能够听见某个年轻的牧牛人正拉开嗓门呼唤他的同伴；一只小船划破水面，踏上了归途；轻波拍打着一个村妇放在水面还未来得及舀水的空罐；还有一些模糊的声响与这些图景交融在一起——鸟儿的啼啭，蜜蜂的嗡鸣，随波荡漾的船屋幽怨的嘎吱声——这一切汇成一首温柔的摇篮曲，仿佛一位母亲想方设法地抚慰一个生病的孩子。“别着

---

[1] 译注：印度历的八月。

急，”她一边轻抚着孩子发烫的额头，一边哼唱，“别烦恼，别哭泣。放弃你的挣扎，抓挠和抗争。忘记一会儿吧，安睡一会儿吧。”

十一

西拉伊达哈　1892 年 1 月 9 日

冬春之交，天气一直摇摆不定。也许早晨凛冽的北风才呼啸着穿越水陆，夜里的月光下就吹来温柔的南风。

毫无疑问的是，春天的脚步近了。经过漫长的沉寂，帕皮娅甜美的歌声又从对岸的树林里飞出。人们的心灵也受到震动，夜幕降临，村庄里歌声不绝，说明大家夜里都不再急于关门闭户，躲在温暖的家里了。

今晚是月圆之夜，月亮那大而圆满的脸庞从我左侧洞开的窗子里窥视着我，仿佛想要看看我在信里有没有说它的坏话。它说不定怀疑，我们这些凡夫俗子关注的不是美丽的月光，而是月亮上的污点。

一只鸟儿在河滩上啾啾悲鸣。河水似乎静止了，一动不动。河里不见一条小舟。河畔寂静的树林在水里投下安宁的倒影。天空里的云雾让月亮像是强撑起睁开的一只睡眼。

从今天起，夜会变得越来越暗。当我明日走出办公室时，我漂泊岁月的最佳伴侣——月亮，又将离我远去一分，她感到昨夜将心扉展露无遗并非明智的选择，于是就一点一点将自己慢慢隐藏起来。

在陌生孤独的境地里，大自然真正与你亲密无间。这些天我是真真切切在担忧，一旦月儿她由盈转亏，我对月光的思念该怎样与日俱增呢。我愈发觉得自己是漂泊的浪子，河畔那守候我的静谧美好不复存在，从此我将在黑暗里归来。

总之，我要浓墨重彩的记上一笔，今晚是月圆之夜——今年春天的第一个满月。在未来的几年内，我也许还会偶尔想起今天，想到那岸边鸟儿的啾啾哀鸣，远处河滨闪现的渔火微光，华美广阔的河滨景象，河岸树林掩映的深色倒影，头顶那一片苍白的天空隐现着淡漠的凄清。

十二

鲍尔普尔　1892年际史吒月[1]（5月）12日

在夜里，我总是独自一人在屋顶平台上散步。昨天下午，为了尽尽地主之谊，我带着客人们出外散步，领略当地风光，阿戈尔是我们的向导。

遥远的天际，蔚然成荫的树林上升腾起湛蓝的云彩，这景象太迷人了。我不禁变成了一个诗人，将此景比作睫毛边上涂的眼影，使得蓝色的眼睛更加醉人。有一位同伴没有听到我的评论，另一个没能明白我的意思，第三个人则心不在

---

① 译注：印度历三月。

焉地答道:“是的，很漂亮。”这让我顿时失去了吟诗的兴致。

走了大约一里路，我们来到了堤坝前，沿水边种有一排蒲葵树，树下是一泓天然的泉水。当我们驻足观赏美景时，发现之前在北面看到的云层向我们涌来，并且急剧膨胀、越变越深，还闪现着电光。

我们一致同意，还是躲在屋子里欣赏自然美景为妙。可还没等我们往家里走，一场荒野里的风暴就怒吼着朝我们狂奔过来。我赞叹大自然美人眼睑上那迷人的青黛时，并未曾想到她会变成发狂的主妇，追赶着我们，要扇我们的耳光。

尘土飞扬，天昏地暗，几步之遥我们就什么也看不清了。风暴愈发狂躁起来，飞沙走石击痛我们的身体，狂风攥住我们的脖颈，猛推我们前进，倾盆的暴雨鞭笞我们的背脊。

跑啊！跑啊！但是地面崎岖不平，水道纵横，平时就不易行走，更何况是在暴风雨里。一丛荆棘缠住了我，为了摆脱它，我差点让风刮倒。

我们还没踏进家门，一群仆佣赶紧迎上来，大呼小叫、指手画脚，就像是另一场风暴迎面扑来。有的人抓住我们的胳膊，有的人感叹我们的窘境，有的人迫不及待地为我们引路，其他人则扶紧我们的肩背，生怕我们给狂风卷了去。我们好不容易摆脱了他们的殷勤，设法回到了房里，已经是气喘吁吁、浑身湿透、满面尘土、一头乱发了。

我算是深切体会了一点：小说、故事里描写主人公只要心里想着恋人的模样，就能平静地穿越风雨，全是谎言，以后我是不会这么骗人了。没有人在这样的暴风雨里还能想着哪一个人，再可爱也没用——他唯一能做的是别让沙尘迷了眼。

毗湿奴派诗人曾热情地歌咏过罗陀，怎样在暴风雨之夜奔赴与黑天的约会。我猜他们不曾考虑过，她见到黑天时会是副什么模样？可以想见的是，她的秀发变得零乱不堪，精心打理的妆容更是不见踪影。她艰难抵达屋舍时，浑身浸在灰尘和雨水混合的泥浆里，该是怎样一种奇观呢！

我们阅读毗湿奴派的诗歌时，却完全不会想到这些。我们心中的画布上只会出现这样的情景：那是斯拉万月[①]一个暴风雨的夜晚，一个美人穿过怒放的迦昙波花下，朝朱木拿河畔走去，如同梦境一般，所有的风雨都可以忽略，这是她以爱之名作的画。她束紧了脚镯，以免它叮当作响；她穿上了藏蓝的服饰，以免被人发现行踪；她却没有带把雨伞，以免自己被淋湿；她也没有打着灯笼，以免在黑夜里跌倒。

为实用之物一哭——在日常生活中多么必要，在诗歌中却饱受冷遇！诗歌徒然地想将我们从这些俗物的桎梏中解救出来，但它们却是不会消失的。相反，我们总会听到这样的说法，随着文明的进步，诗歌最终会绝迹，而皮鞋、雨伞倒

① 相当于七月到八月之间，正值印度的雨季。

将不断改进，申报新的专利。

十三

西拉伊达哈　1892年际史吒月（6月）31日

我厌倦这些繁文缛节。如今我反复念叨的一句话就是：“我宁可成为一名阿拉伯的贝多因人！”一个快乐、健康、强壮和自由的野蛮人。

我感到自己渴望摆脱这日益老化的心灵和身躯，一同摆脱的还有那持续不断的争论和一切古老陈腐之物的雕琢。我想要感受自由的快乐和蓬勃的生活，拥有宽广、坚定、无拘无束的思想和抱负——不论它们是好是坏，从习俗和理智，理智和欲望，欲望和行动间的永恒矛盾中解放出来。

要是我能从这充满了桎梏的生活里解放出来，获得彻底的、无限的自由该有多好，我将横行四方，到处去兴风作浪；我要像一匹脱缰的野马疯狂地疾驰，为我的速度欣喜万分！可惜我是一个孟加拉人，不是贝多因人！我继续坐在我的角落，消沉着，焦虑着，争论着。我的思想翻来覆去的变化着——像一条油锅里的鱼，任凭沸腾的油一会儿煎着这一面，一会儿又煎着那一面。

且不去想它了吧。既然我做不到彻底的野蛮，那还是努力寻求彻底的文明吧。为什么要在这两者之间挑起争端呢？

十四

西拉伊达哈　1892 年阿萨尔月（6 月）2 日

昨天，阿萨尔月[①]的第一天，雨季在人们盛大的庆祝仪式中戴上它的王冠。一整日都十分燠热，直到下午，大块堆积的密云卷涌而来。

我自忖，在这雨季的头一天，我情愿被雨淋湿，也不愿意囚困在我那地牢似的小屋里。

在我的生命里，1293 年[②]不会再重来了。如此说来，还有多少个阿萨尔月的头一天会再来呢？《云使》的诗人将阿萨尔月的头一天视若珍宝[③]——至少我是这么认为的——倘如能数到三十个这样的日子，我的生命可算是够长的了。

有时候我会突然想到，我所经历的每一天都能在生命中占据它的一部分，实在是莫大的幸运啊！它们有的被朝阳和落日染红，或是为深暗的云彩而沁人心脾，抑或是像一朵皎白的花朵在月光下绽开，这是多大的一笔财富啊！

一千年以前，迦梨陀娑迎来了阿萨尔月的头一天；而在我的生命中，每一年这个阿萨尔月的头一天总是荣耀万分地

---

① 六月至七月间，雨季的肇始。

② 孟加拉纪年。

③ 迦梨陀娑在《云使》里以“在阿萨尔月的第一天”开头，写下了雨季降临的名段。

登场——那位老优禅尼诗人吟咏的一天，带给无数男女悲欢离合的一天。

每年，这样一个伟大而神圣的日子都要从我的生命中溜走。总有一天，迦梨陀娑的这一天，《云使》的这一天，永恒的印度的雨季头一天，将不再为我而来。当我意识到这一点，便感到我要好好地看一眼大自然，有意识地迎接每一天的日出，送别每一天的落日，像对一位知己一般。

多么盛大的节日，多么宽广的庆祝会场！但我们却不能完全与之呼应，我们距离世界是如此遥远！星光远涉百万里到达地球，却无法渗入我们的心坎——我们还在更僻远的数百万里之外！

我所闯进的世界中，到处是怪异的生物。他们总是忙于在自己周遭建筑墙壁和法规。他们那么小心翼翼地拉起窗帘，生怕见到外面的世界！我很奇怪，他们怎么没有给那些开着花的树也披上冷色的外套，或是搭起篷盖来挡住月亮的光芒！倘若有幸今生的愿望能够左右来生，我定会远离我们这颗遮遮掩掩的星球，再生于某个自由开放的欢乐王国！

只有那些不能彻底沉醉于美好中的人，才会只把它视作感官对象。而只有品尝到它无法言喻的滋味，人们才能洞察它穷尽耳目之力也依然遥不可及——不对，纵是人心也无力到达它所渴望的尽头。

另外，话题回到我起初还未讲完的那件事。别担心，不会再多写四页信纸的。我想说的是，阿萨尔月第一天的傍晚，大雨如同巨矛般倾盆而至。完。

十五

去格伦达的路上　1892 年 6 月 21 日

沙岸、村庄、田野与庄稼，还有天边飘过的云朵和晨昏之际绽放的色彩，绵延变幻的画面从两侧的视线中滑走。船儿悄悄漂过，渔夫们正在捕鱼；淙淙流水温柔地给漫长的一天伴奏，广阔的水面在夜的沉静中平定下来，像一个孩子被哄入梦乡，无垠的天空里所有星辰都守护在他的上方。又一个无眠之夜，我坐起身来，两旁是沉睡的河岸，只有村庄附近林子里偶尔的一声豺狼的嗥叫，或是被帕德马河的急流冲毁的碎石，从崖壁似的陡峭河岸滚入水中的声音，才打破了这岑寂。

景色也并非总是引人入胜的：一片绵延的浅黄沙岸，没有一棵树、一寸草；一条空船系在它的边上；微蓝的河水，映照出迷蒙的天空，流淌而过；然而我却无法说出自己是如何被打动的。我疑心是缘于童年时代的愿望与渴求，那时我处在奴仆的看管之下，在我孤独的囚室里，熟读了《一千零一夜》，和水手辛巴达一道在许多奇异的国度里冒险。那时心中的梦想其实并未死去，看到任何一条系在沙岸边的空船时，便又被唤醒。

如果童年的我没有听过神话故事，没有看过《一千零一夜》和《鲁滨逊飘流记》，那么我敢肯定，遥远的河岸和旷野那边的景致绝不会令我如此感动。事实上，对于我而言，整个世界将会是另一番模样。

想象与现实在人的心里缠绕成怎样的一团谜啊！故事、事件和图画形成的粗细各异的丝线，是如何交织在一起的啊！

十六

波利亚　1892 年 11 月 18 日

不知道你的火车如今到了哪里。此刻正是太阳从纳瓦迪车站附近高低不平、没有树的岩石地带升起的时候。在初升的太阳下，那一带的景色一定熠熠生辉，远处的青山也变得依稀可见。

除了原始部落的人们用水牛耕作的一点土地外，很少看得到别的耕地。铁道的路堑两旁堆积着黑色的石头，这大块的卵石，是干涸的溪流遗留下的足迹，焦躁的黑鹡鸰停在电报线上。野蛮、沧桑、又伤痕累累的大自然，躺卧在阳光下，仿佛在一只轻柔的、光明的、天使般的手掌的抚摸下变得驯服起来。

你知道这让我想起了哪幅画面么？在迦梨陀娑的《沙恭达罗》里有一幕场景，描写国王豆扇陀的幼小的儿子婆罗多，和一头小狮子一起嬉戏。那孩子用他粉嫩的手指爱怜地穿过那巨兽粗糙的鬃毛，而狮子则安静地躺卧一侧，信任地伸展着躯体，不时用眼角的余光对它的人类小朋友投来深情的一瞥。

要我告诉你，那些干涸的、散布着卵石的河道又让我想起了什么吗？我们在英国童话《树林里的孩子》里读到过，那一对小兄妹在被他们的继母赶进森林后，怎样一路丢下鹅卵石，在陌生的森林里留下他们徘徊的踪迹。这些小河就像是被遗弃在这大千世界里的迷途的孩子，因此他们一路走一路留下卵石来做标记，以便能够找到来时的路。可是啊，他们永远都踏不上归途！

十七

巴利亚　1893年2月，星期二

我不愿再流浪。我渴望有一个舒适的角落让我安顿下来，远离尘嚣。

印度于我，既是房主，也是一段路漫漫的修行。前者禁止我离家一步，后者却让我无家可归。这两者矛盾地存于我心。我渴望徜徉天地寰宇，也想有一个小小的庇护之所。正如鸟儿，拥有安身的巢穴，也向往搏击长空。

我追寻这样的角落，只因它能使我的灵魂安宁。我的心灵本乐于奔忙，却因此不断与喧嚣撞击，以至彻底狂乱，在内心的牢笼里不断折磨我。如若心灵能有一方栖居净地，可以随心所欲地观察、冥思，它一定会感到心满意足。

独处的自由是我心之所向，心灵只与无疆的想象为伴，如同造物主冥想着天地万物。

十八

卡塔克　1893 年 2 月 10 日

他是个发育完全的英国佬，言行举止十分粗暴，长着一只巨大的鹰钩鼻子，奸猾的眼睛，和长达一码的下巴。政府正在考虑取消我们在陪审制下受审的权力。这个家伙硬拽着这个话题不放，坚持要和我们的主人，可怜的 B 先生辩出个究竟来。他说这个国家的人民道德水平低下，他们对于生命的神圣并无真正的信仰，所以他们不配担当陪审员。

当我看到这些人能够受着一个孟加拉人的热情款待，却如此大放厥词，坐在席上竟没有感到一丝良心的不安，我深刻地感受到了他们对于我们的彻底蔑视。

晚饭后，当我坐在客厅的一角，眼前的一切都变得模糊起来。我似乎坐到了我那受到侮辱的伟大祖国母亲的头边，她躺在我面前的尘土里，郁郁寡欢，失去了往日的神采。我说不出心里有多么沉痛。

那边几位身着晚礼服的太太夫人们，用英语互相交谈着，传来一阵阵欢笑，看起来多么不协调啊！对于我们来说，古老的印度是如此丰饶的真实；而英国人晚宴上虚伪的礼节，是多么廉价和做作啊！

十九

卡塔克　1893 年 3 月

如果我们过于在意英国人的赞誉，我们将会抛弃自己的优良传统，接受人家文化中的一切，哪怕是糟粕。

我们会变得不穿短袜则羞于出门，见到他们的舞会礼服也不再感到羞愧。丢弃了古老的传统，我们不会良心不安；效仿他们的无礼举止，我们更觉理所当然。

我们不再穿戴传统服饰，因为它们还有待改良。我们习以为常地将脑袋挤进英国礼帽里，尽管没有比这更丑的头饰了。

总之，有意也好，无意也罢，我们根据他们的赞赏与否降低了自己的生活质量。

因此，我规劝自己道：“哦，你这个砂锅！看在老天的份上，远离金属壶吧！不论他是愤怒地走向你，还是仅仅在你背上居高临下地拍拍，哪种情形你都疲于应付。所以还是听听伊索寓言里智者的忠告吧——保持距离。”

就让金属壶去装点富人家的门面吧，你在穷人家里才适得其所。如果你让自己破损了，可没有地方再能容身，只有尘归尘、土归土了，或者充其量作为古玩被人摆在古董架的一个角落里——就算是最粗俗的村姑用你去打水也比这样荣耀得多啊。

二十

西拉伊达哈　1893 年 5 月 8 日

诗歌是我的旧爱，我还在罗梯①那样的年纪，就已经许婚于她。许久以前，我家池塘畔古老的菩提树下的绿荫，内宅的花园，房子底层神秘的小屋，外面的大千世界，女佣哼唱的童谣、讲述的故事，在我心中幻化成为奇妙的仙境。儿时那暧昧而朦胧的情怀实在难以表述，但有一点不用怀疑，少年与诗思早已在盛大的典礼上交换了承诺的花环②。

必须承认，我的未婚妻并不是一个旺夫的姑娘——她为我带来的所有东西里，绝没有好运这一样。我不能说她不曾带给我幸福，但和她相处的日子总没法心境平和。她让所爱之人满怀欣喜，却又用不断的残忍拥抱绞尽他的心血。她择选的夫婿时运不济，未能奠定良好的社会基础，成为不了沉着稳重的一家之主。

有意无意间，我或许曾做过些违心的事情，但我在诗歌

---

① 罗梯，作者五岁的儿子。

② 指订婚仪式。

里却从未曾写下半句谎言——诗歌的神殿是我人生中深邃真理的永恒庇护所。

二十一

西拉伊达哈　1893年5月11日

在这儿我还享有另一种愉悦。我们那淳朴、忠诚的佃农们时常来拜访我——他们对我的敬意完全发自内心。就单纯之美和敬意之真而言，我远没有他们伟大。虽然我完全配不上他们的尊敬，但却无伤这种感情的价值。

对于这些充满童心的成年人，我对他们的敬意丝毫不亚于对孩子的。不过两者仍有些差别，他们比孩子还要纯真。因为孩子终究会长大成人，可这些大儿童却能永葆童真。

谦恭有礼的单纯灵魂穿透他们布满皱纹的苍老身体，发出熠熠光辉。孩子的心灵固然纯真，却缺少绝对坚定的忠诚。倘若人与人的灵魂能够相通，我要将我最诚挚的祝福送给他们。

二十二

西拉伊达哈　1893年7月4日

今天早晨有一束阳光在天空中出现。昨天的雨曾稍停过一阵子，不过天边密布的浓云告诉我们不要奢望雨会一直停下去。如同厚厚的云毯被卷至一旁，而好事的风儿又要伺机将它漫天铺开，把湛蓝的天空和金黄的太阳都紧紧裹住。

今年从天而降的水该囤积了多少啊！河水已然漫过低洼的沙地[1]，转眼就要淹没挺拔的的谷物。可怜的佃农们绝望中无奈将一捆捆半熟的水稻割下，用船载走。他们从我的船旁经过时，我听见他们哀叹命运的不公。当耕者不得不在水稻成熟前夕将它们割下，他们该有多悲痛也就可想而知了。他们仅存的希望是这些谷穗中，或许有一部分已经成熟为谷粒。

天意中定是有些许怜悯之心的，否则我们又怎能获得我们的所属之物呢？但要一眼看到它是如何体现的却是困难的。从无数无辜生灵的哀歌中似乎也无迹可寻。大雨滂沱，河水暴涨，无论何种祈祷和请愿都以无助告终。人们只能宣称这一切都非人智所能及，来聊以自慰。但人们是非常有必要了解这世上仍然有诸如慈悲和正义这样的事物存在。

不过这终究只是气话。理性告诉我们，造物向来并非完美。只要它不完美，我们就必须忍种种瑕疵和悲伤。除非不是造物，而是上帝自身，才能够宣称完美。然而我们的祈祷又如何能够想到这一层境界呢？

考虑得越多，我们就越是容易回到起点：天地万物为何

---

① 岸上由一层耕土覆盖沉积而成的土地。

存在？倘若我们无法下定决心否定事物本身，那一切悲伤和对于事物周遭的抱怨，都是徒劳的。

二十三

帕提萨　1894年2月19日

两头大象来到河畔吃草，引起了我极大的兴趣。它们一只脚拍拍地，接着用鼻端卷起青草，揪下一大块连着根须、泥土的草皮。接着，它们不停甩动鼻子直到草根上的泥土都掉下来，才放入嘴里，吃得一点不剩。

有时它们心血来潮，将尘土吸进象鼻，只听“呼哧”一声，喷得自己满身都是——这是大象的时髦打扮。

我喜爱观察这些庞大的动物，欣赏它们高大的身躯，惊人的力量，笨拙的身形和温驯的脾性。它们的庞大和笨拙触动我心灵柔软的部分——这样笨重的块头却有着婴孩般的稚气。并且，它们拥有宽广的内心。当它们愤怒时可以是狂野的，但等它们平息下来，就成了宁静本身。

大块头带来的笨重，不但不让人厌弃，反而很有吸引力。

二十四

帕提萨　1894年3月30日

有时候，我感到生命的旅程如此漫长，路上将要遭遇的不幸又是如此频繁，无可抵挡，我必须极力保持一颗无畏之心。有些夜晚，我无事闲坐，凝视桌上的灯焰，发誓自己将像勇者一般生活——沉静隐忍，坚贞不屈。这样的决心使我变得自负，一段时间以来我都误认为自己确实是一名当之无愧的勇者。直到路上的荆棘缠绕我的双脚，我疼痛扭曲，开始对未来抱以认真的忧虑。生命之旅何其漫长，我的力量又何其匮乏。

然而这最后的结论也并非真理，因为最难越过的障碍也无非这些微不足道的荆棘。心灵的主人勤俭持家，总是根据需要合理开支：对于那些琐事，吝惜一分一毫，贮存起勇气的财富，面对真正的大灾大难。因而为了一些不值称道的小事恸哭垂泪，并不能博得同情。相反，当悲从中来、难以自抑时，也无须压抑自己。那时，表面的干涸将被刺破，慰藉如泉水涌出，耐心与勇气的力量紧密结合，共同完成它们的使命。因此大磨难总是伴随着巨大的忍耐力。

人性的一面渴求快乐，另一面却又向往自我牺牲。当前者遭受挫折，后者便积聚力量，由此盛大的热忱填满灵魂。所以，微小的挫折将我们变成懦夫，大灾大难却唤起我们真正的男子气概，使我们变得勇敢。因此，在悲痛里，另有一种欣喜。

悲中有乐，这并非无意义的悖论，正如另一方面，愉悦感里总会有些不满足。要理解个中道理，并不困难。

二十五

西拉伊达哈 1894年6月24日

我才到这儿四天而已，但因为失去了时间概念，感觉像过了很久很久。我感到若是今天回到加尔各达，会发现那里已是沧海桑田，仿佛我孤独地站在时间之外，意识不到身外世界的逐渐变化。

事实是，离开了加尔各达，在这里我生活在自己的内心世界之中，这里的时间刻度不循常理，由情感的强度来丈量；在这里，因为不计分秒，片刻变成小时，小时又化为瞬间。对我来说，似乎时空的细分只不过是精神的幻觉。每一个原子都不可计量，每一个刹那即是永恒。

小时候，我被一个波斯故事深深迷住。虽然年纪尚幼，但我自认能够理解它的深意。为了展示时间的虚幻性，一位托钵僧往浴盆里倒了些魔水，请国王进去洗个澡。国王刚把头沉进去就发现自己来到了海边的一个陌生国度，他在那里待了很长一段时间，经历了许许多多的事情。他娶妻生子，后来妻儿皆亡，他又失去了所有的财产，就在他挣扎于痛苦之中的时候，忽然间发现自己又回到了原来的房间里，卿相环绕。他开始为他的不幸斥骂起僧人来，大臣们却说："陛下，您只不过是把头浸到水里又抬了起来而已啊！"

我们悲喜交集的生命旅程，也同样地包裹于时间的一瞬之中。不论在这个过程中我们感到它是多么漫长，多么强烈，一旦我们从世界的浴盆里抬起头来，我们就会发现经历的一切，多么像一个脆弱而短暂的梦境。

二十六

西拉伊达哈　1894 年 8 月 9 日

今天我看到河里顺流漂下一只死去的小鸟。不难猜测它的死亡经过。鸟巢就筑在村边的某株芒果树上。夜里鸟儿返巢，和它的同伴依偎在一起，困倦地进入梦乡。哪知深夜，强壮的帕德玛河突然间在床上轻轻翻了个身，芒果树就被连根拔起了。可怜的小家伙失去了家园，只惊醒片刻便又永远地睡去。

在毁灭一切的自然那可怕的神秘面前，我与其他生物间的差别显得微不足道。在城市里，人类社会总是显得突出和庞大；它只关注自身，对于其他生命的悲喜表现得十分漠然无情。

在欧洲，人类同样是如此复杂而居高临下，动物在人眼里也仅仅是个动物。而对于印度人来说，灵魂轮回的观念十分盛行，动物可以托生为人，人也能转世为动物，所以在我们的经文里，对于有情终生的怜悯并没有因情感泛滥而遭废止。

当我在乡村，和自然亲密接触时，身体里的印度人因素就占据了主导，即便面对一只小鸟柔软胸膛里跳动的生命欢欣，我也不能表现得无动于衷。

二十七

西拉伊达哈 1895年2月（颇勒具月[1]）16日

我们的人生之路，每时每刻都得脚踏实地，但当我们回望生命的旅程，却是何其短暂，两个小时的连续思索就能囊括这一切。

雪莱奋发努力三十年，提供的材料也只够写两卷传记，而且道登的絮语还占据了其中相当一部分篇幅。我三十年的人生恐怕连一卷书也填不满。

为了这渺小的生命，要做的事是何其的多啊！想想看，仅仅为了满足粮食供应就需要多大的土地，多少商贸往来，虽然一把小椅子就能坐下一整个人，但是在这个世界里，每个人占据了多大的空间啊！然而，等到一切尘埃落定，空余两个钟头的思索和几页纸的传记而已！

这样懒散的一天，又将在那寥寥数页里添上多么微不足道的一笔！虽则如此，在平静的河畔的荒凉沙洲上，度过的这安宁的一天，会不会在记录我永恒的过去和未来的卷轴上，留下独一无二的金色印记呢？

---

① 译注：印度历十二月。

二十八

库什提　1895 年 10 月 5 日

一个宗教徒有外在的经文，永远不会内化为我们自己的；我们之所以信教，仅仅只是习惯使然。发自内心的信仰是一个人终身的伟大冒险。它必须在极度的痛苦中诞生，在他生命的血液中生长，不论它是否带来了幸福，人的旅程都将在满足的快乐里告终。

虽然真理的庙宇在我们心里一天天、一点点地修筑起来，但我们却难得醒悟，道听途说的，不断自我暗示的那些东西有多虚假。在时光流转之中，我们将喜悦与哀愁视作孤立的存在，因而无法了解这永恒大厦的奥秘；就像单独念出每个字，整句话就显得莫名其妙了。

一旦我们认识到体内流动的创造体系的统一性，便能体悟到不断演变的宇宙与我们的关系。于是我们明白，自己和绕轨道转动的星辰并无差别，也处在被创造的过程之中——我们的欲求，我们的苦痛，在这个整体里都能找到它们恰当的位置。

我们也许无法全然了解正在发生的事情，我们甚至不能完全认识一粒尘土。但是当我们感到体内的生命之流汇入外界宇宙的生命之中，我们的一切苦与乐看起来便是系在一根喜悦的长线之上了。我存在，我运动，我发展，将这些事实放大来看，便和宇宙万物息息相关，甚至连一粒最小的原子也不能没有了我。

我的灵魂与这美好的秋晨、浩瀚的光辉之间，是亲密无间的；所有的色彩、气味、音乐，不过是我们秘密往来的外在表现。不论是否意识到，这种持续的交流都使我的心灵运动不止；在我的内心和外界的沟通里，我悟出了这一宗教，不论我有能力领悟多少。在它的光照之下，我得要对宗教的经典进行一番考察，才能真正地内化于心。

二十九

西拉伊达哈　1895 年 8 月 14 日

关于工作很重要的一点就是，为了工作一个人必须看淡个人的悲喜，甚至是尽可能去忽视它们。这让我想起了在萨查德普尔发生的一段小插曲。一天早晨，我的仆人来晚了，对于他的迟到我很是恼火。他走上前来，站在我面前照例请了安，微微哽咽地解释道，他八岁的女儿昨天夜里死去了，接着，他便拿起掸子开始收拾起我的屋子来。

在工作领域，我们看到了正在进行贸易往来的商人、犁地耕田的农夫、负担沉重的挑夫。而我们没有看到的，是在这一切的底下，一条死亡、忧伤与失落的暗流，日复一日地流淌。若是有一天，这条暗流失控地喷涌出地表，那么所有的工作就会立即瘫痪。在汩汩流动的个人悲伤之上，有一条坚硬的石轨，责任的火车载着人类隆隆疾驰，除了指定的车站外，从不为任何人停靠。工作的这一残酷性，或许是对人最严酷的慰藉。

三十

西拉伊达哈　1895 年 12 月 12 日

某天晚上我正读着一本英文的文艺评论，书中充斥着各种关于诗歌、艺术和美的争论。当我费劲地看完这些装腔作势的讨论，我疲倦的心绪仿佛坠入了一个满是海市蜃楼和嘲弄的鬼脸的世界里。

夜已经很深，我砰的一声合上书，将它掷向书桌，随即吹灭了灯便欲入睡。灯火刚灭，月色就弥漫了一室，让我为之一惊。

那盏小灯已经在冷冷地嘲笑着我了，就像那个靡非斯特那样：这个小小的嘲讽竟然将我理应从全世界深邃的爱中汲取的无尽愉悦拒之门外。说真的，我是妄想在这本空泛冗长的书中找到些什么呢？这填满了夜空的、时刻在外静候的东西，不正是我的追寻吗！

若是我关上窗户就上床睡觉，而与这美景失之交臂，那它依旧会在那儿，不对屋里发出嘲笑的小灯提出任何异议。甚至我毕生都对它视而不见——让那小灯笑到最后，直到我最后一次摸黑入睡——即便是那样，月亮夜依然在那里甜美地微笑，恬淡谦和地等着我去察觉，一如往昔。

我的回忆

我的回忆

我不知道是谁在我记忆的画布上描金抹彩，但不论他是谁，画出来的总是图画，我的意思是，他的画笔并不简单地是对现实的忠实再现。他根据自己的喜好，这儿添上几笔，那儿抹去一块。他将许多大事化小，又把许多小事夸大。他毫不愧疚地将幕前的挪至幕后，幕后的又调往前台。总之，他是在画画儿，而非书写历史。

如此一来，表面的生活里发生了许许多多的事情，心里的画布上却只留下了几幅图画。两者密切相关，却并非一模一样。

我们没有那份闲暇去深入参观心里的画室。一些画面会时常浮现我们的眼前，然而完整的画卷却留在了看不见的黑暗之中。忙碌的画师为何画个不停；他何时才能够完工；他的画作最后陈列在了哪个画廊——谁知道呢？

多年以前，在被问到过往人生的经历时，我才有了机会一窥这个画室。本以为寻找些传记的素材会让我感到满足。不料当我打开这扇门，我才发现人生的回忆并非历史，而是一位看不见的艺术家的原创之作。星星点点的斑斓色彩，不是外面世界的反光，而是画师自己的创造，是他内心的激情涌动。因此，这画布上的记录是不应当被用作法庭上的呈堂证供的。

尽管从记忆的仓库里搜集些信史的尝试是徒劳无功的，但回顾这一幅幅图画却别有一番魅力，一种让我着魔的魅力。

我们旅行的时候，走过的路途，路旁供人休憩的小屋，还不是图画——它们只是旅途的必需品，平淡无奇。然而，当夜晚来临，即将抵达旅舍之时，我们回望在人生之晨所走过的城市、田野、河流和山川，那时，在晚霞的笼罩下，它们就真的成了图画。因而，当我的机会来临，我向来时的路途回望，那些图画便让我着了迷。

我之所以兴味盎然，难道只是被自己的往事所引发的自然情感吗？当然，个人情感的介入难以避免，但这些图画也有它们自身独立的艺术价值。我的回忆录里，没有一件事情是值得永远珍藏的。但题材的优劣并非是否值得记录的唯一标准。一个人的真情实感，只要能使他人产生共鸣，那么对于他们来说便是重要的。在记忆中绘制的图画如果用文字表达出来，它们在文学的殿堂里也是配占一席之地的。

我将回忆的图画献出，作为文学的素材。把它们看成是我的自传，那会是一个错误。从那个角度去看，这些回忆将显得既无价值，亦不全面。

启蒙时代

我们三个男孩是一同成长的。我的两位同伴都大我两岁。当他们开始接受教育的时候，我的启蒙时代也来临了，不过我已经把当时所学忘得一干二净。

我时常能回想起的只有一句，“雨淅沥，叶细语。”[①] 那时我刚经历“卡拉、喀哈”[②] 这样的押韵练习风暴，读到“雨淅沥，叶细语”，对我来说是第一次遇见圆拱诗人的诗歌。无论何时，只要忆及那日的欣喜，我都深感诗歌里韵律的不可或缺，包括现在。因为有了音韵，诗歌欲止还休，余音绕梁，声音在耳朵与心灵间撞击回响。于是雨丝淅淅沥沥，树叶摇曳细语，滴滴答答无休无止，整整一天都驻足在我的思绪里。

我的童年里还有一段插曲，总是令人怀想。

我们有一位记账的老先生，叫做卡拉什，和我们亲如一家人。他幽默风趣，总是逮着机会就打趣人，不论老幼——新来的女婿也好，刚结交的亲戚也罢，都成为他刻意嘲弄的对象。我总疑心幽默感在他死后也不会离他而去。有一次，家里的老人想通过扶乩之法与另一个世界取得联络，其中一

① 孟加拉儿童读物里的一句韵文。

② 双音练习。

回画笔潦草地涂出了卡拉什的名字。我们问他那边世界的生活是怎样的，他不肯透露一点讯息：“你们凭什么能轻易知道我死了才知道的事情？”

这位卡拉什曾经为了取悦我，飞快地背出了一首自己瞎编的打油诗。我就是诗里的男主人公，热切期盼着女主人公的到来。我在听的时候，注意力紧张的集中在一幅画面上：倾倒众生的新娘，光彩熠熠地坐于未来之膝上，等待加冕。她从头至脚缀满珠宝玉石，为婚礼进行了前所未闻的盛大准备，即便长者与智者也被迷得晕头转向了。然而真正打动小男孩，让奇妙愉悦的图画走马灯般掠过眼前的，是频繁、快速的韵脚和摇曳荡漾的韵律。

这两件与文学有关的乐事仍然萦绕在我的记忆里，此外还有初期的古典诗：“雨点嘀嗒落，河水起浪潮。”

这之后我记得的就是学校生活的开端了。一天，我见到哥哥和大我一点的外甥萨提亚，两人动身去学校，丢下我一人，我还没有资格上学。我从不曾乘坐过马车，也未曾离开过家门。所以萨提亚回来后，极力跟我吹嘘途中的冒险经历，我感到自己再也不能待在家里了。我们的家庭教师给了我一记响亮的耳光，语重心长地劝导我，试图打消我的幻想：“你现在是哭着要上学，到时候你会哭着求着要回来。”我们这位老师的姓名、长相、性格，我都记不大清了，但他这句有分量的箴言和更有分量的耳光，我始终不曾忘记。我的一生中再没听到过比这更准确的预言了。

我的哭闹让我提早进入东方神学院学习。对于学到的知识我已毫无印象，一种体罚学生的方式却让我记忆深刻。没能完成课文背诵的男孩，被罚站在长凳上，两臂平伸，双手向上，托着几块石板。这种方式究竟在多大程度上有助于学生更好地掌握知识，有待于心理学家去讨论。我便是在这样幼小的年纪开始了我的学堂生涯。

我接触文学是有根可循的，不过并非在学校，而是通过仆人间流行的那些书籍最早遇见文学的。其中最重要的有翻译成孟加拉语的考底利耶的格言和克里狄瓦萨的《罗摩衍那》。

有一幅画面清晰地浮现我的眼前，那是某天我阅读《罗摩衍那》的情景。

那是一个阴天。我正在长廊[1]那里玩耍，俯瞰整条街道。突然，我忘了是什么缘故，萨提亚想要吓唬我，喊道："警察！警察！"我那时对于警察的概念相当含糊。但我可以肯定的一点是，一个罪犯如果落到了警察的手里，无异于被鳄鱼利齿咬住的可怜虫，掉下去便看不见了。我不清楚一个无辜的小男孩怎样才能逃过冷酷的刑罚，于是当即逃入里屋之中，背

---

① 英译者注：带顶的柱廊或者阳台。作者的家庭住宅是一座不规则的三层高建筑群，随着这个大家庭的壮大而不断改建，周围有不少天井或是内院，外围是长长的柱廊，每个内院四周建有稍窄的走廊，一排房间的出口都向着内院。

脊一阵战栗，盲目地害怕警察会追来。我告诉了母亲即将到来的厄运，但是她好像并不在意。我还是觉得出去太冒险，于是坐在母亲房间的门槛上，读起了大理石纹封面、卷了边的《罗摩衍那》，是我母亲那年迈的姑妈的。我的旁边是伸展的走廊，环绕在宽敞的内院四周，昏暗的午后，天空阴云密布。我的姑姥姥发现我正为一幕悲伤的情景哭泣，便过来夺走了我的书。

仆役统治

印度历史中，奴隶王朝的统治时期并不让人感到幸福。回顾人生的历史中仆役统治的时代，我也找不到任何值得骄傲或者快乐的理由。王朝频频更替，但法典却一成不变，我们依然要遭受严苛的限制和惩罚。那时的我们，并无机会去深究个中道理，但我们的背脊不堪忍受落下的拳脚：我们只得接受通行宇宙的法则，大的欺负人，小的挨欺负。我花了很长的时间才悟出了正好相反的真相，大的承受痛苦，小的才是痛苦之源。

猎物不会站在猎人的角度去衡量善与恶。这也是为什么，警觉的鸟儿在子弹出膛前鸣叫着警告同伴，会被视为恶毒。我们挨打时大声哭号，施罚者认为我们这样很不得体，事实上，他们认为这是对于仆役制度的暴动。难以忘记，为了有效地镇压这一暴动，我们的头怎样被塞进了装有水的巨大水罐里。毫无疑问，这哭叫声在施罚者的眼里是令人憎恶的，而这有可能会引起更加令人不快的结果。

如今我有时会困惑，仆人们为什么会如此残酷地对待我们。我无法承认我们的行为举止中有任何需要遭受如此对待的地方。真正的原因恐怕是我们的负担整个的压在了仆人们的肩上，而这个担子即使是最亲近的人也难以承受。如果只是顺着孩子的天性来对待他们，让他们四处跑动，玩耍，满足他们的好奇心，一切就简单多了。只有你总想把孩子关起来，叫他们乖乖呆着，或是妨碍他们玩耍，难以解决的问题才会产生。于是稚气未脱的孩子很容易就成为负担，沉重地落在了监护人的身上——就像寓言故事里的马，被人扛着，而不让它四蹄驰骋：虽然金钱能促使搬运工肩扛这么大的负担，可不能阻止他们一路上对这可怜的牲畜的报复。

童年时期的大多数暴君，除了他们的拳脚耳光，我什么也记不起来了。唯有一个人在我的记忆里永不褪色。

他名叫艾斯沃，曾经是一名乡村教师。他是个拘谨、正派、冷静而高贵的人物。世界对他来说似乎显得太过于泥土气了，缺乏足够的水分以保持洁净；因此他时刻处于作战状态，与漫天尘土较着劲。他以闪电般的速度把水桶戳进水塘，为的是从没有污染的深处取水。也只有他，会在水池里沐浴时，不停地把浮在水面的污物划拨开，然后猛然扎入水中，像是要出其不意地将其捕获。走路时，他的胳膊和身体形成一个突出的角度，在我们看来，仿佛他连自己衣服的洁净度都无法信任。他的整个行为都显示出要避开一切瑕疵的努力，这些瑕疵通过不设防的大道侵入土地、水源、空气，想方设法要接近人类。他的庄重实在深不可测。说话时，他头微微一偏，低沉的嗓音，字斟句酌。他的文学辞令成了大人们背后谈论的笑料，他的一些夸张的语句是我们家庭语录上的保留节目。但是我很怀疑他使用的文辞在今天是否还能那样引人注目，因为从前天差地别的书面语和口语，而今彼此间已是越来越接近了。

这位从前的老师找到了一种让我们晚上安静下来的方法。每天晚上他把我们聚拢在一盏残破的蓖麻油灯下，为我们朗读《罗摩衍那》和《摩诃婆罗多》里的故事。其他的一些仆人也来加入到了听众当中。油灯把巨大的影子一直投射到屋顶的横梁上，小壁虎趴在墙上捕捉虫子，蝙蝠在外面的走廊上旋转着狂舞，我们则安静地张大了嘴巴听着这些传奇故事。

我仍记得，有一晚我们讲到了俱舍和罗婆的故事，这两个勇猛的少年扬言要使其父亲和叔伯名誉扫地。在这间光线黯淡的屋子里，紧张的静默里，饱含了热切的期盼。天色渐晚，我们规定的睡眠时间快要到了，可离故事结局还远得很。

在这紧要关头，我父亲的旧属奇肖里过来解了围，用达苏拉亚那充满韵律的诗句快步行军般替我们飞快地结束了这个故事。对于克里狄瓦萨[1]柔慢的十四音节诗歌的印象可谓是一扫而空，我们已经完全湮没在了这充满韵律的滚滚洪流之中。

有些时候，这样的诵读会引发一场对于经典的讨论，当然最终总是由博学的艾斯沃以深刻的见解结束这场讨论。虽然作为我们家一个看管孩子的仆人，他在我们家族社会中的等级是在许多人之下的，但他就如《摩诃婆罗多》里的祖父毗湿摩一样，其威仪本身就足以让人忘记他的身份，使他地位显赫。

我们这位严肃的、受人敬重的仆人有一个弱点。为了记述的忠实性，我感到有必要略为提及。他曾经抽过鸦片。这让他贪求丰美的食物。因而当他早晨为我们送来牛奶时，心里对于牛奶的渴望便远远大于他的抵抗力。如果我们稍微流露出一点对于这顿早餐本能的反感，即便有为我们的健康考虑的责任感，都不能迫使他再次强迫我们吞咽。

关于我们对固体食物的消化能力，艾斯沃同样持有某种偏见。晚饭时我们通常坐好了，一大堆烙饼[2]就堆放在我们面前的一只厚圆木托盘上。他开始小心翼翼地，从相当的高度

---

① 印度关于《罗摩衍那》的不同译本不计其数。

② 一种不加糖的薄脆煎饼，像面包一样就着其他菜吃。

把几张烙饼空投进我们的碟子里来，以免手上沾染不洁之物[①]。这些烙饼在他娴熟又冰冷的手法之下落入盘中，就像是从神的手里强行索要食物，他才不情愿的施舍一点。接下来他就会询问我们还要不要再加。我知道最能让他高兴的回答是什么，为了不剥夺他的快乐，我就没再要了。

艾斯沃还被指派保管我们每天下午采购点心的零用钱。每天早晨他都会问我们想吃点什么。我们知道越是便宜的他就觉得越好，所以有时我们只要一份炒米花作为点心，有时候是难以消化的煮鹰嘴豆或者烤花生。显然，艾斯沃对于我们的饮食可不像对经典那样煞费苦心和一丝不苟。

作　诗

那时我绝对还没满八岁。我堂兄的儿子乔迪大我好几岁。他对英国文学才刚窥入门径，常以极大的热忱诵读哈姆雷特的独白。他怎么会想起来要教我这样的孩子作诗，我也不明白。一天下午，他叫我去他的房间，让我试着写首诗。之后，他又向我讲解十四音节的帕亚尔格律的结构形式。

在那之前，我只看过印在书本上的诗作——没有用笔勾出的错字，也看不到任何疑虑、问题和缺陷。我想都不敢想凭我也能写出这样的诗歌来。

---

① 宗教礼仪中，就餐时抓食物的手碰到器皿或是其他东西，会被认为是不洁的表现。

有一天，我们家里抓住了一个小偷。我好奇难耐，虽然害怕得发抖，仍旧冒险去现场偷看了他一眼。我发现他也只是个普通人而已！看到我们的守门人粗暴地对待他，我不禁产生了极大的怜悯之情。在诗歌上，我也有类似的经验。

在随意地把几个词串起来后，我发现它们变成了帕亚尔诗行。幻想中的诗歌的光环顿时消失了。因此，当可怜的诗歌受到粗暴的对待时，直到如今我仍觉得不快，就像我对那个小偷产生的感情一样。多少次我已心生怜悯，却又无法控制那急躁不安的手，渴望继续摧残诗歌。小偷大概很少受过那么多人的蹂躏，吃过那么多的苦吧。

克服了最初的敬畏之心后，我感到什么也不能阻挡我赋诗了。我设法从管理我们家地产的一个人手里得到一本蓝页的练习簿，又亲手用铅笔在里边画上一些歪歪扭扭的横线，开始在上面涂写我幼稚的诗句。

像刚刚长出犄角的小鹿，这里碰一下，那里撞一下，我总是用自己刚萌芽的诗作，去为难别人。我的哥哥[1]为我会作诗而感到骄傲，在家里到处逮着人听我念诗。

我想起来有一天，我们这对搭档，在胜利攻克下一楼的地产办公室后，出门就遇到了《国民报》的编辑拿巴戈帕尔·米特。他才刚跨进我们的家门，哥哥便立即将他拦截下

① 作者是七兄弟中最小的一个。这里指的是他的六哥。

来：“嘿，拿巴戈帕尔先生！难道您不想听听罗宾写的诗吗？”话音未落我就朗诵了起来。

我的诗作少到还不够结集的。不过这方便了诗人把所有的作品都揣在随身的口袋里。写作、印刷、出版，我一个人身兼数职；我的哥哥作为宣传者，成为了我唯一的同事。我为莲花作过一首诗，那时就在楼梯口朗诵给了拿巴戈帕尔先生听，音调宛如我的热情一般高涨。“写得不错！”他面带微笑地说道，“可是 dwirepha[①] 是什么呢？”

我已经忘记是如何得到这个词的了。普通的“蜜蜂”也能很好地押韵，但整首诗中我唯独对这个词寄予了厚望。这个词无疑让管理我们地产的人印象深刻。但说来也奇怪，拿巴戈帕尔先生竟不为此倾倒——正相反，他笑了起来！我敢保证他不会是一个善解人意的人。从此我再也没有向他朗诵过我的诗作。这么多年过去了，可我仍旧不知如何让我的听众理解我的诗句。无论拿巴戈帕尔先生怎样微笑，dwirepha 这个词，就像一只喝醉了蜜的蜜蜂，死死地陷在原地。

我的第一次出行

有段时间，加尔各答暴发了登革热，我们这个大家族的一部分人就去奢都先生的河边别墅避难。我们也在其中。

---

① 一个已经废弃不用的词汇，意思是蜜蜂。

这是我第一次出门远行。恒河之岸像前世的友人般迎我入怀。就在仆役房的前面，有一片番石榴林。坐在这片树荫下的走廊里，从树干的间隙里凝望奔流的恒河水，日子就这么一天天过去了。每天早晨，当我醒来，我不知怎么就觉得，一天的到来，于我仿佛是未拆封的镀了金的信，打开信封总有些前所未闻的新鲜事在等我去发现。唯恐错过了其中的一小段，我总是匆忙地洗漱完毕，就奔向外面的椅子。每日看恒河水潮起潮落，各式各样的船只竞相往来，树影从西变到东……对岸树影的边缘之上，涌出金色的生命之血，穿破黄昏天空的怀抱。有时从清晨起就阴云密布，对岸的树林变得暗沉沉，黑色的树影在河里流动。突然间，大雨倾盆，模糊了我的视线。河岸线变得混沌不清，仿佛在挥泪和我告别。河水膨胀起来，带着压抑的喘息。潮湿的风在头顶的树叶间肆虐。

脱离了墙壁、横梁、房椽的肚肠，我感到自己在外部的世界里获得了新生。以新鲜的视角看待万事万物，摒弃狭隘的思维习惯，遮盖天地间的混沌面纱顿时剥落下来。我相信早餐时吃冷烙饼所蘸的蔗糖蜜，比之因陀罗[①]在天国里啜饮的仙露并无二致。因为长生不老并不在于饮了玉露琼脂，而是在于品尝者自己的心态而已，那些追求此道的人实在是有些

① 印度神话中的雨神。

缘木求鱼了。

屋后是带围墙的场院，那儿有一个池塘，几级台阶从沐浴台一直延伸到水面。沐浴台的一边是一棵枝繁叶茂的蒲桃树，周围还有种类繁多的果树，都长得郁郁葱葱，池塘就隐蔽地栖息在树荫之中。这幽静的内花园，如此不同于屋前河岸的天宽地阔，对我来说自有其朦胧的美感和超凡的魅力。就像是房子里的新娘，在此午休，倚靠在亲手缝制的绣花彩被上，轻声呢喃着内心的秘密。多少个中午，我独自待在蒲桃树下，幻想着池塘深处那可怕的夜叉[①]王国。

对于孟加拉的村庄，我有着极大的好奇心。它那绵延的村舍，茅草搭的凉亭，小巷和浴室，游戏和集会，田野和市场，想象中的所有一切乡村生活，都深深吸引着我。花园的围墙外，就是这样一个村庄，然而我们是不许去那里的。我们虽说是出门在外，却并非获得了绝对的自由。曾经我们是笼中鸟，如今虽然栖息于树枝，可链子仍然在那里。

一天早晨，家里两位长辈去村庄里闲逛。我再也抑制不住内心的渴望，悄悄地溜了出去，保持一段距离地跟在他们身后。我沿着昏暗的小巷走着，路旁是带刺的树篱，池塘边长满了绿色的水草，我兴奋地看着眼前这一幅接一幅的画面。我仍然记得一个打赤膊的男人，这时候了才在池塘边洗漱，

① 印度神话中夜叉国的国王，相当于冥王。

用一根嚼碎的树枝刷牙。突然，家里的大人发现我跟在他们后面。“滚开，滚开，赶紧给我回家!”他们骂道。他们觉得我丢尽了脸。我光着脚丫，没戴头巾，衣服外面也没有罩袍。我偷跑出来的时候衣衫不整，好像这是我的错一样！我从来就没有过自己的袜子，衣服也不多。那天早上我垂头丧气地回了家，而且再也没有机会来弥补自己的缺陷，得到允许再次去村庄里逛逛。好在不论这一处的风景如何与我隔绝，屋前的恒河水仍旧让我感到了没有束缚的自由。我的心灵，只要它愿意，无论何时都能乘着快乐的小舟沿河漂流，到达那些地理志上不曾记载过的土地。

一晃四十年过去了。从那以后我再也不曾踏足这花繁树茂的别墅花园。房子依然是旧日的房子，树也是昔日的树，然而我知道，一切都不一样了——如今的我如何找寻失落的情怀？正是我年幼好奇的心造就了那些景致，才使我今日难以忘怀。

我们回到了城里乔拉桑格的房子里。之后的日子如同一口口米饭，被师范学校那张嘴给狼吞虎咽了下去。

练习作诗

那本蓝色的练习簿不久就写满了诗，歪歪扭扭的线组成了一张网络，上面布满了粗细不一的文字，就像一个蜂巢。小小诗人的热情，很快就压皱了练习簿；边角也磨损了，扭成了爪状，似乎要紧紧抓住里面的诗作。可是后来，不知它落入了哪一条白塔拉尼河[1]里，里面的书页也被仁慈地冲走。无论如何，它不用为了要上印刷机的命运而痛苦，也无须担心要诞生在这尘世之中。

我不能声称，我只是自己诗名传播的被动见证者。萨特卡里先生虽然并非我们班级的老师，但他十分喜欢我。他写过一本关于博物学的书——关于这个，我可不希望哪位不厚道的幽默家，将他对我的喜欢往这方面联想。有一天，他把我叫去问道："听说你写诗，是吗？"我没有隐瞒事实。从那时起，他便不时地叫我去帮他完成四行诗，由他出上句，我对出下句来。

我们学校的戈宾达先生皮肤黝黑，矮矮胖胖。他是学校的主管，总是身穿黑色套装，拿着账簿，坐在二楼的办公室里。我们都很害怕他，因为他是手握教鞭的审判官。有一次，我为了逃离几个坏蛋的纠缠，而躲进了他的办公室。欺负我的是五六个大孩子。没有人能为我作证——除了我的眼泪。我还是胜诉了，从那以后，戈宾达先生在他的心中，为我保留了一个柔软的角落。

一天，课间休息的时候，他把我叫到他的办公室。我带着恐惧和颤栗走进去，然而还没走到他跟前，他就又问了我

---

① 相当于忘川。

那个问题:“听说你写诗?”我毫不迟疑地承认了。他便委托我写一首道德教诲诗，我也忘了到底是歌颂什么品质了。他的请求显出俯就和蔼之态，不由得不让我这学生心怀感激。第二天我把写好的诗交给他的时候，他把我带到了最高年级的教室里，让我站在同学们面前。“朗诵吧!”他命令道。于是我就高声诵读起来。

这首道德诗唯一精神可嘉的地方，是它没多久就不见了。它给那班学生留下的影响，和道德教诲八竿子打不着——它所引发的情感绝非对于作者的尊敬。大多数人都确信这首诗并非出自我的手笔。其中的一个甚至说他有我所抄袭的那本书，但也没有人真要求他去拿出来；对于那些愿意相信我的人，证明的过程又是如此麻烦。最终，追求诗名的人数量开始激增；而他们遵循的，自然不是一条道德教化之路了。

如今小孩子写诗也不是什么稀奇事了。作诗的光环已然消失。犹记得当初，少数写诗的女子是如何被视作神灵创造的奇迹。而今，若有人听说哪个年轻女子不会作诗，不免觉得不可思议。远在孩子们升入孟加拉学堂的最高年级前，诗歌的嫩芽就已经萌发。因此，当代的戈宾达先生一定不会留意到我此前所述的诗才了。

我的父亲

在我刚出生不久，我的父亲就经常四处周游。所以毫不夸张地说，在我的婴幼儿时期，我几乎不认识自己的父亲。他偶尔会突然回家，还带回一些外地的仆从，我十分渴望和他们成为朋友。有一次，父亲带回来一个年轻的旁遮普佣人，名叫里努。他在我们这儿受到的热情款待，丝毫不亚于兰吉特·辛格[①]本人。他不仅是外地人，还是旁遮普人——他虏获我们的心，又有什么奇怪呢？

我们对于整个旁遮普民族的崇敬之心，和对《摩诃婆罗多》里的怖军和阿朱那并无二致。他们是勇士，即使战败了，也一定是敌人的过失。我们家就有一位旁遮普的里努，这是无上的荣耀。

我嫂子有一个装在玻璃箱里的军舰模型，只要上紧了发条，就会随着音乐盒的叮叮咚咚，在蓝丝绸的波浪上荡漾。我苦苦相求，才将此物借到了手，只为在我倾慕的里努面前展现它的神奇。

困于房屋的牢笼之中，我对于但凡有点异域风情的事物都怀有极大兴趣。这是我为何如此看重里努的原因之一。这也是为什么，当犹太人加布里埃尔，穿着他那身绣花华达呢的衣服，来兜售玫瑰油和精油的时候，我总是很兴奋。还有那些高大的喀布尔人，穿着他们灰扑扑的宽松裤子，挂着背包和包袱，给我年轻的心灵以极大的震撼。

---

① 译者注：兰吉特·辛格（1780—1839），印度旁遮普地区锡克王国国王（1801—1839）。

不管怎样，父亲每次回来，我们都满足于在他的周围晃荡，和他的随从们玩耍。但我们并不曾和他有直接的接触。

有一次，我的父亲在喜马拉雅山附近游历，英国政府面对的阴魂不散的幽灵，俄国入侵，成为人们焦虑谈论的话题。一些好心的夫人用丰富的想象力，向我母亲详尽描述了这迫近的危机，以及随之而来的各种情形。谁知道俄国军队会从西藏的哪条道过来，像邪恶的彗星般闪现在印度。

我的母亲十分惊恐。许是家族其他成员都没法分担她的忧虑，她对于成人的同情已不抱希望，因此转而来寻求我那稚嫩的支持。“你难道不想跟你父亲说说俄国人的事吗?”她问道。

那封写满母亲心中焦虑的信，是我给父亲写的第一封信。我连一封信该如何开头和结尾都不知道，可以说是对此一无所知。我找到莫罕南达，管财产的书记员。最后写出的信，格式毫无疑问是对的，然而从产业署的官方文书里生发的陈腐文辞，完全无法传递感情。

我的信得到了回复。父亲让我别害怕，如果俄国人来了，他会亲自赶跑他们。这样信心十足的保证似乎并没能慰藉母亲忧虑的心，却使我面对父亲时不再胆怯。从那以后，我每天都想给父亲写信，因此总缠着莫罕南达。经不住我的死缠滥打，他只好写出草稿，我再去誊抄一遍。然而我当时并不知道，寄信还要付邮资。我只知道，把信件交到莫罕南达的手里，就不用担心它们到不了目的地了。几乎没必要说明，莫罕南达比我大许多，这些信当然从未抵达过喜马拉雅山巅。

父亲在外游历了很长时间，但他哪怕是回来小住几日，整个家庭都能感知他带来的压力。我们总看到我们的长辈定时去父亲的房间，穿着正式的长袍，步态拘谨，神色凝重，若正在嚼着平锅烟①，一定会先吐掉。家里每个人看起来都那么紧张。为了确保不出差错，我的母亲亲自监管饮食。执权杖的老基努，身着白衣，头戴饰巾，把守在父亲的门前，警告我们不要在父亲午休的时候，在他房前的长廊里打打闹闹。我们不得不放轻脚步，低声细语，连偷偷往屋里看一眼都不敢。

有一次，我父亲回来给我们三个孩子行圣线授予的仪式。在梵学家瓦当达瓦吉许的帮助下，他为此找到了《吠陀》经里记载的古老仪式。那段时间，我们和毕查拉姆先生一同坐在念经堂里，被教导着用正确的发音诵唱《奥义书》的选段，这是父亲在“梵天之法”的名义下安排的。最终，我们三个小婆罗门被剃光了头发，戴上了金耳环，在三楼的某处进行了三天的静修。

那段日子充满了欢乐。耳环成了我们互揪彼此耳朵的最佳把手。我们在某间屋子里发现了一面小鼓，有了它，我们

---

① 包裹着香料的蒟酱叶。

便常常站在走廊上，看到哪个仆人从楼下独自经过，就敲一下鼓。这样那人就会抬头看，然后立马移开了视线①。总之，我们并不敢宣称，在那些静修的日子里，我们终日苦行冥想。

但我相信，像我们这样的男孩在古老的静修生活中也大有人在。若有一些古代的典籍记载了十岁或者十二岁的舍罗堕陀或是舍楞伽罗婆②，少年时期终日祭祀诵祷，我们不禁要怀疑叙述的真实性了，因为有关男孩天性的书籍比之更古老和可信啊。

当我们成为真正的婆罗门后，我变得热衷于背诵《迦雅特里》③ 了。我沉思于此，心无旁骛。然而它的意思不是年幼的我所能够完全领悟的。我仍清晰地记得我怎样在古老的祷词“大地，苍穹和天国啊”的帮助下，努力拓展自己知觉的广度。我的感受、思考很难准确地表达出来，不过有一点是肯定的，知晓字义并不是人类最重要的理解功能。

教育的主要目的并不在于解释意义，而是叩启心灵的大门。若要问一个小男孩，这样的叩门声唤醒了他内心的什么，他八成会说些蠢话。因为心灵深处的变化之大是言语难以表达的。可那些信仰大学考试，将之奉为检验所有教育成果的最好方式的人们，对这样的事实不以为意。

---

① 圣线授予仪式完成前，非婆罗门看一眼新入教者，被认为是有罪的。

② 梵文戏剧《沙恭达罗》中写到的印度圣人干婆的两个徒弟。

③ 有关自我实现的诗文。

我记得许多我并不十分理解，却深深打动我的事情。有一次，在湖边别墅的屋顶平台上，我的大哥看到云雾四合的情景，突然大声背诵起迦梨陀娑的《云使》中的一节诗来。我完全不懂一句梵文，也毫无必要知道。他心醉神迷地诵读，那铿锵有力的韵律，对我来说就足够了。

再就是，我还未能完全读懂英文之前，一本满是插画的《老古玩店》落到了我手中。我从头到尾看了一遍，虽然十有八九的字词我都看不懂。然而有了想象得来的模糊概念，我用一根多彩的纺线串起了一幅幅插图。任何大学里的考官都会给我一个大零蛋，但是能够这样读一本书证明了我并非如此匮乏浅薄。

还有一次，我陪同父亲乘坐游艇游览恒河。他随身带着许多书，其中有一本就是旧佛特威廉版本的胜天的《牧童歌》。是孟加拉文的。诗句没有排印成行，而是像散文一样的格式。那时我一点梵文也不懂，但我懂孟加拉文，因此很多词都是熟悉的。我忘了读过多少遍《牧童歌》，但我熟记这一句：

夜晚渐渐流逝，在寂寞的林间小屋。

一种美的气氛模糊地散布在我的心间。那一个意为“寂寞的林间小屋”的梵语词汇，对我来说就足够了。

我不得不自己去找寻胜天诗歌里错综复杂的韵律，因为在这本书笨拙的散文格式里，分辨不出它的断句。这样的探索给了我无穷的乐趣。当然我不可能完全理解胜天的意思。甚至我也无法断言弄懂了哪怕是其中的一部分。但是，那字音与轻快的韵律，让我的脑海里充满了美轮美奂的画卷，使得我将这本书又抄了一遍，留作自己欣赏。

在我大一点的时候，读到迦梨陀娑《战神的诞生》中的一节诗篇，同样的事情又发生了。这首诗让我感动万分，虽然我能看懂的只有两句——“微风裹挟着圣曼达奇尼河上瀑布的水雾，摇晃着喜马拉雅雪松的叶子。”这两句让我渴望领略全诗的美妙。后来，有位梵学家为我解释了接下来两句的含义，摇晃过雪松的微风，接着“劈开了渴望的猎鹿人头上的孔雀翎毛”。最后这浅薄的幻想让我很失望。我若用自己的想象完成这首诗，一定要比这强得多。

无论是谁回顾自己的童年，都会同意他最大的收获并不在于理解的透彻。我们的吟游诗人深谙此道。因此他们的说唱里总是有很大比例的填满耳朵的梵文和深奥的话语，并不打算让他们那些无知的听众完全听懂，只是用来启发、暗示。

这种暗示的价值，连那些以物质上的得失来衡量教育的人，也决不会轻视。他们坚持对学习成果进行结算，试图弄清传授的知识究竟有多少能够产出价值。然而孩子们和那些教育程度不高的人们，居住在原初的天堂里，那儿的人们并不必理解每一个步骤，仍然可以学到很多。只有当天堂变为了失乐园的时候，非要理解所有事情的不幸的那一天就到来了。通往知识的路，如果不经过理解这样一个枯燥的过程，便是最佳的道路。如果这条路禁止通行，也许这个世界的市场贸易仍运转如常，但知识的浩瀚海洋和巍峨山川却再也无人能够抵达。

因此，如同我之前说过的那样，虽然在那个时候我并不能完全领悟《迦雅特里》的意义，我的内心某处却懵懂地得到触动。记得有一天，我坐在教室角落的水泥地上，冥想着书中的经文，我的眼里溢满了泪水。我不知道那些泪水从何而来，如果硬要诘问到底，我也许会扯一些和《迦雅特里》毫不相干的解释。事实上，在意识的最深处发生的事情，外部世界的自己并不总能明白。

和父亲一起旅行

圣线仪式完成后，我被剃成了光头，这给我带来了很大的困扰。无论欧亚混血儿们如何偏爱与神牛有关的一切，他们对于婆罗门的尊敬仍是出了名的缺乏。因此，我们的光头不仅要迎接飞弹的袭击，还得承受各种奚落。当我正为这些可能发生的事情一筹莫展之时，某天我被召唤到楼上的父亲那里。你愿不愿意和我一起去喜马拉雅山？他这么问我。远离孟加拉的学校，去喜马拉雅山！我愿不愿意？啊，只有一声响彻云霄的呼喊，才能稍微表达一下我愿意的程度！

在我们离家的那一天，依父亲的习惯，整个家族的人都聚集到祷告堂里举行祭礼。我带走了长辈们脚上的尘土后，就和父亲一起上了马车。这是我生平头一遭有了一整套为我订做的衣服。款式和颜色都是父亲亲自挑选的。加上一顶金线刺绣的天鹅绒帽子，我拥有了完备的套装。我把帽子拿在手上，担心它配上我的光头会产生怎样的效果。上车后，我的父亲坚持让我戴上，于是我只好听命。每当他的视线转移，我都会摘下帽子。一旦我撞上他的眼睛，帽子只得又乖乖就位。

我的父亲对于他的安排和命令十分严格。他不喜欢做事暧昧不清、优柔寡断，从不允许敷衍凑合。他有一套明确的准则来管理自己与他人相互间的关系。在这一点上，他和他的同乡们有所区别。我们这些人若有些这样或那样的马虎，往往不以为意。因此在和他打交道的时候，我们都得格外小心。我们做得太多或太少都无关紧要，他不能接受的是没有达到他的标准。

我的父亲还会在心里构想出他想做的事情的每一个细节。任何正式的聚会，若无法出席，他会深思熟虑，安排每样东西的位置，指派家族各个成员的职责，拟定所有客人的座次……巨细靡遗。这之后，他会让每个人单独向他报告，这样他自己就获得了总括全局的印象。因此，当我和他一起旅行时，虽然他不会阻碍我自娱自乐，但在其他方面他严格规定的行为准则却不容我逾越半分。

我们的第一站是波罗普尔。之前萨提亚和他的父母在那待过很短的一段时间。他回来后向我们吹嘘的旅途见闻，19世纪但凡有点自尊的小孩都不会相信。但是我们不同，并没有机会去学习怎样辨别真实与谎言。我们的《摩诃婆罗多》和《罗摩衍那》此时也毫无帮助。那些儿童插画书同样没能引导我们走向正确的道路。所有统治世界的严酷法则，我们都是在与之对抗时栽过跟头才学到的。

萨提亚曾经告诉我们，除非你极其熟练，不然进入火车厢可是件超级危险的事情——脚稍微一滑，一切就完蛋了。还说，要用尽全力抓牢座椅，火车发动时强烈的颠簸，很难说会把人甩到什么地方去。因此当我们到达火车站的时候，我真是胆战心惊。可我们十分轻易就抵达了我们的车厢，然而我确信真正可怕的事情马上就要发生了。当最终，火车的发动平稳得可笑，这丝毫不像一场冒险，我感到既难过又失望。

火车向前奔驰。广阔的田野，田边的青绿的树木，树荫里若隐若现的村庄，一连串的图画向后飞驰，如同一幕幕幻象消失于眼前。黄昏时分，我们到达波罗普尔。一坐进轿子里，我就闭上了眼睛。我想要保存下这些不可思议的景象，当晨光唤醒我的双眼时，它们能够重新展现在我的面前。我担心若是自己在朦胧的薄暮中瞥见些残景，会破坏新鲜的经验。

我在黎明时醒来，走出门外，心灵震颤不止。来过这的那一位曾经告诉我，波罗普尔有一个世所罕有的特色。那就是，在主楼通往仆人住宅的小路上，虽说没有任何遮挡物，人们经过时却受不到任何日晒雨淋。我开始寻找这条神奇的小路，读者们一定不会奇怪，直到今日我也没能找到它。

我在城里长大，从未见过稻田，只在想象的画布中勾勒出书中读到的牧童的迷人身影。我曾听萨提亚说过，波罗普尔的房子四周围绕着成熟的稻田，在田里与牧童玩耍是稀松平常的事情，若能一起收割稻子、煮饭和吃稻米就最好不过了。我急切地环视四周。在哪里呢？这贫瘠的荒野上哪来的稻田？或许不远处也有些牧童，可问题是，怎样才能将他们和其他男孩区别开来！

不过忘掉这些见不着的事物并不用太久——我亲眼所见的一切已经足够丰富多彩了。这儿没有仆役制度，环绕我的唯一围墙是蓝色的地平线，那是主宰荒野的女神画上去的。在荒野里我能够随心所欲地自由奔跑。

虽然我当时不过是个孩子，但我的父亲并不曾限制我到处闲逛。沙地的凹陷处，雨水冲刷出道道深渠，形成了微型的山脉，山中流淌着小小的溪流，四处都是红色的沙粒和形状各异的鹅卵石，仿佛成了小人国的世界。我喜欢在这收集稀奇古怪的石头，用长袍兜起，拿去给父亲看。他从不贬低我的劳动。正相反，他表现出了极大的兴趣。

“不可思议！”他赞叹道，“你从哪找到的这些石头？”

“还有好多好多呢，成千上万的！”我大声喊叫着，“我每天都可以找到这么多。”

“那真不错！”他答道，“为什么不用它们来装饰我的小山呢？”

有人曾经想在花园里挖一个水池，奈何地下水位太低，还未完成就搁置了，挖出的土在一旁堆出了一座小山丘。我的父亲习惯于坐在上面进行晨祷，东方的地平线上，一轮红日从起伏的天际冉冉升起。这就是他让我装饰的小山。

离开波罗普尔的时候，不能够带走珍藏的石头，这让我十分苦恼。我很难意识到，仅仅因为我收藏了某些事物，并不代表就能完全拥有它们。如果我能向自己的命运请求，我一定坚持让它答应我永远将这堆石子带在身边，那么今天我肯定不敢嘲笑它了。

在一个峡谷里，我偶然发现了一泓泉水，像溪流一样汩汩流溢，小鱼儿嬉戏其中，逆流而上。

“我发现了一泓美丽的清泉，”我告诉我的父亲，“我们不能在那儿洗澡，喝那儿的泉水吗？”

“正合我意。”他同意了，和我一同分享喜悦，吩咐以后就从中取水供我们饮用。

我不知疲倦地在那些微型的小山与河谷中游荡，希望能邂逅些未知的事物。我就是这块新大陆上的利文斯通，不过这地方看起来像是用反了望远镜。这儿的一切，不高的枣椰树，低矮的野李树和发育不良的蒲桃树，和我发现的微型山脉、小溪小鱼一起显得十分和谐。

也许是为了教会我小心谨慎，父亲交给我一点零钱，并要求我记账。他还将替他那价值不菲的金表上发条的任务交付给我。他忽略了可能损坏的风险，只希望能教会我责任感。当我们早晨一起散步时，他会让我施舍些钱财给碰到的乞丐。但是到了最后，账总是对不起来。有一次，我算出的余额比总额还要多。

“我真该请你当我的记账先生，”我的父亲感叹道，“钱在你手里总能够变多啊！”

我兢兢业业、满怀热忱地上发条的手表，很快被送到了加尔各答的钟表匠那里。

我想起了后来，我被指派去管理财产，不得不在每个月的第二或者第三天报账给父亲听，因为他的视力衰退了。我先得报出每个名目下的总数，如果他有任何疑问，就会询问细目。若我害怕某一项会让父亲不高兴，试图敷衍或是掩盖过去，最后一定是瞒不住的。所以每个月的前几天我都格外紧张。

如同我之前所说，我的父亲习惯于在头脑中理清每件事——不论是记账的数目，还是仪式的安排，抑或资产的增加、变更。他从未见过波罗普尔的新祷告堂，然而通过询问那些去过波罗普尔的拜访者之后，却熟悉了它的每一个细节。他有着惊人的记忆力，到了过目不忘的境界。

我的父亲有一册《薄伽梵歌》，他在书中标注了最喜欢的诗句。他要求我为他誊写出这些诗句，包括译文。在家里，我只是个无足轻重的小男孩，但在这里，我承担了很多重要的职责，对此我感到十分光荣。

那时，我已丢掉了我的蓝色手抄本，拥有了一册装订好的列托日记本。我现在作诗，务必注意外在环境的尊严。这不只是在写诗，而是作为诗人在我的想象面前献祭自己。因此当我在波罗普尔写诗的时候，我爱伸展四肢，躺卧在幼小的椰子树下。对我来说似乎这样才真正充满诗意。就这样躺在没有草皮的坚硬沙石上，忍受着高温炙烤，我写出了一首战争诗篇，名为《普里色毗王的失败》。虽然这首诗写得英勇盖世，却难逃夭折的命运。那册日记本如今跟随着姐姐——蓝色手抄本——的脚步，消失得无影无踪了。

我们离开了波罗普尔，一路上到过萨希尔甘吉、迪纳普尔、阿拉哈巴德和坎普尔，最后在阿姆利则停了下来。

旅途中的一段小插曲一直铭刻在我心中。火车在某个大站点停了下来。检票员过来检票。他疑惑地看着我，似乎有些疑问又不肯说出来。他离开后又带回来一个同伴。两人在我们车厢的门口踌躇了好一会儿，又走了。最后站长亲自来了。他看了看我的半票，接着问道：

“这个男孩满十二岁了吧?”

“没有。”我的父亲答道。

我当时只有十一岁，但是看上去不止这么大。

“你必须给他买全票。”站长说道。

我的父亲眼中闪现出怒火，一言不发地从匣子里拿出一张钞票，递给了站长。当他们把零钱找给我父亲的时候，他不屑地丢回给他们。站长的恶意揣度被揭露后，只得尴尬地站在一边。

阿姆利则的金色庙宇像梦一样萦绕在我心头。无数个早晨，我陪同父亲来到这湖中心的锡克教的古鲁达巴庙。唱经声回荡其间，绵延不绝。我父亲坐在众多信徒之中，有时也加入唱赞美诗的行列。若是发现有陌生人加入他们的仪式，他们会表现出极大的热情。我们总能满载祭品而归——冰糖和其他的糖果。

有一天，父亲邀请一个唱诗班的成员来我们的住所，让他唱些圣歌给我们听。那人拿着他的报酬离开时，简直喜出望外。结果唱诗班的虎狼之师不断侵扰我们，我们不得不采取严厉的措施进行防卫。当他们发现我们的房子固若金汤后，开始在街道上跟我们打伏击战。于是我们早晨外出散步时，时不时看见一把挂在肩上的冬不拉，就像是小鸟看到了猎人的枪口一般。的确是这样，我们变得如此机警，远远听到冬不拉的琴声就吓跑了，以至于他们的捕猎彻底失败。

当夜幕降临，我父亲面对花园，坐在屋外的走廊上。然后我就被召去为他唱歌。月亮缓缓上升，月光透过树叶的间隙，撒在廊前，我唱着贝阿迦风的乐曲：

啊，最黑暗的生命道路上的同伴啊……

父亲低垂着头，紧扣双手，全神贯注地聆听。直至今日我仍能回忆起那一晚的情景。

我曾提到过，父亲听斯里干达先生讲述我的颂歌处女作时，感到十分好笑。我记得后来，我如何获得了回报。印历十一月的一个节日上，许多首颂歌都出自我手。其中一首是这样的：

“眼睛里看不见你，因你是一切眼睛的瞳仁……”

那时我的父亲在钦苏拉卧病不起。他把我和哥哥乔蒂叫了过去。他让哥哥为我用风琴伴奏，我一首接着一首地唱着我所有的赞美诗——有的还唱了两遍以上。当我结束时他说道：

“如果这个国家的国王了解孟加拉语，能够欣赏它的文学，他一定会奖励你这个诗人。然而事实并非如此，我只好自己做点什么了。”说完他递给我一张支票。

父亲带着几部彼得·帕尔利丛书，作为我的教材。他挑选了本杰明·富兰克林的传记作为开始。他认为这本书读起来像是故事书，能够寓教于乐。但很快他就发现自己错了。本杰明·富兰克林是一个过于务实的人。他狭隘计较的道德观让父亲反胃。有时他会对富兰克林老于世故的审慎感到厌烦，不禁对此强烈痛斥。

此前除了些死记硬背的语法规则之外，我对梵语可以说是一无所知。父亲一开始便让我直接跳读梵文读本的第二册，让我跟着学习格的变化。我在孟加拉语上的造诣使我打下了坚实的基础。父亲还鼓励我从最开始就练习梵文写作。我用梵文读本里学到的词汇，组成了许多夸张的带有响亮的m音和n音的复合词，将神圣的文字变成了十分妖魔的混合物，但是父亲从不嘲笑我的鲁莽。

接着我们又读了普罗克特的《通俗天文学》，父亲用简要的语言向我解释，由我翻译成孟加拉语。

在父亲带着自己看的那些书里，吉本写的十卷或者十二卷本的《罗马帝国衰亡史》引起我极大的困惑。它们看起来极端枯燥无味。“作为一个孩子，”我心想，“我是万般无奈才不得不去读那么多书。但是为什么一个大人，读不读书由他自己决定，还要去自寻烦恼呢？”

在喜马拉雅山上

我们在阿姆利则停留了近一个月，近四月中旬时，就朝着达尔豪西山进发。在阿姆利则的最后一段日子里，光阴仿佛驻足不前，只因喜马拉雅山对我的感召是那么强烈啊！

我们坐着轿子上山的时候，沿途的山路被这春天漫山稻花盛开的美景映得橙黄。每天早晨饮牛奶、吃面包后我们动身，在日落之前我们再找一间茅屋或平房作为栖身之所。一整天都目不暇接的我是那么担心，生恐错过任何一处美景。山路转角的地方是一片大峡谷，目力所及之处，是森林中成片的参天巨木。它们的阴翳下，一条小瀑布潺潺而出，如同隐士庐中的小姑娘在冥想清修的先哲脚边嬉戏，在黑苔石上边走边喃喃而语。行到此处，轿夫就把轿子放下，休息一会儿。我饥渴已久的心中高呼：为什么，为什么我们马上就要离开这么美丽的地方？为什么我们不能永远留下呢？

初次邂逅一处景色最美妙的地方在于：心中尚不明了还有多少这样的美景在前方等着你。但精于计算的心思若是知晓这一点，它的注意力就立马会有所保留——只因相信一样东西的罕有，心中才会不吝惜对这样东西的估价。因此在加尔各答的街上，我有时会想象自己是一个异乡人。只有那样，我才能发掘更多值得驻足流连的美景，那些曾因我们未倾注足够注意力而被遗漏的美景。正是那种念想和渴望，促使人们远足异乡。

我父亲把他的小零钱包交给我保管。他本没有理由认为我是保管这笔数目可观的路途费用的最合适人选，把它放到他的仆人奇肖里的手中的话，他一定会感觉更安全。所以我只能猜测他这么做是为了要锻炼我的责任意识。有一天，我们到了一个小屋，我忘了把包还给父亲，而是遗落在了桌上，因此而招致一顿训斥。

我们每到一个驿站的尽头，父亲都会在屋外安排椅子让我们坐下。暮色将至，明灭的星星自清爽的山岚中曼妙地隐现，父亲教我如何识别星座，或是向我讲授天文学的相关知识。

我们在巴克劳塔预定的住所地处山顶的最高处，虽时近五月，此处仍然寒意侵人，就连山背面的积雪都仍未融化。

即使在这儿，我父亲也丝毫不担心我，允许我四处游逛。铺满厚厚雪松的山坡环绕在我们房子底下，延伸向远方。我要手持锋利的铁器，进入这荒野之地独自探险。雍容的深林巨木，投下巨大的树影——它们在这里矗立了多少个世纪的光阴啊！我这个几天前初来乍到的孩子，竟然能够毫不费力地在他们的躯干上爬来爬去。我走进树荫中的那一刻，就似乎觉察到一个一样的存在——那感觉似乎是一只让周围变得酷寒的远古蜥蜴，而生霉的腐叶上光影交错，好似它的皮肤一般。

我的房间在屋子的另一端。躺在床上透过无帘的窗户，我可以看到遥遥的雪峰，在星光中忽明忽灭。有时候，说不准是什么时间，我睁着惺忪的睡眼看到父亲裹着红披巾，手擎一盏灯，轻轻从我身旁走过，到光滑的走廊那头静坐入定。再一次进入沉沉的梦乡，天还未破晓时，我就发现父亲在我床边把我推醒。到了父亲规定我诵读梵文词尾的变化的时间了。离开毛毯中温暖舒适的小世界，起床面对这寒冷刺骨的天气是多么难受啊！

及至太阳升起之时，父亲也已经做完祈祷，和我一起喝了牛奶。然后，我站在他身旁，静静听他唱起《奥义书》，再一次向神明祷告。

随后，我们出门散了会儿步。不过我怎么可能跟得上他的脚步？很多比我大的人都没法跟上呢！所以跟了一会儿我就放弃了，独自一人跌跌撞撞地沿着山侧的小路走了回来。

父亲回来后我又学了一小时英语。十点过后我们用冰凉的水洗澡。没有父亲的允许，想让仆人给我对一壶热水也是妄想。为了给我鼓劲儿，父亲描述了他年轻时是怎么在冰冷难耐的冷水中沐浴的经历。

另一项苦修是饮用牛奶。父亲酷爱牛奶，而且能喝下很多。但也不知道是我没能继承他这方面的能力，还是由于我之前提及的更不利的家庭环境因素，我对牛奶的好感实在是聊胜于无。不幸的是我必须常和父亲一起饮用。因此我不得不博得仆人的同情，承蒙他们的仁慈（或说是一时心软），自那之后我的杯子里有一半多都是泡沫。

午餐之后，还是读书。这可不是我这血肉之躯可以忍受的啊！我早晨出离愤怒的睡眠开始了它的报复，带着不可控制的困意向我袭来，我几乎要摔倒过去。然而，不久父亲因为可怜我而将我从这窘境中解放出来的时候，我的困倦却随之被抛到了九霄云外。接着嘛，哈！上山去玩喽。

手持铁器我在山峰间窜来窜去，父亲也不反对。回首看，父亲这一辈子都没有干涉我们的自主性。好多次我的言行不合乎他的脾胃，不符合他的判断，他只需只言片语便可以阻止我，但他并没有这么干，在内心克制的力量产生之前，他情愿选择等待。我们若只是消极被动接受什么是“正确”和“合适”，是无法让他满意的。他希望我们能全心地热爱真理，他深知，仅仅是顺从而没有爱只能是空谈。他也明白若是偏离追求真理的道路尚可返回，但逼迫和盲从才会是这条道路上真正的障碍。

我很年轻的时候，曾有过这样的梦想：坐牛车沿着大干线，一直前往白沙瓦。没有别人支持这个计划，无疑还有很多人反对，认为它不切实际。但当我把这个构想向我父亲陈述时，他肯定这是个了不起的想法——火车旅行根本算不上旅行！基于这个看法，他进而向我讲述了他自己在马背上和步行经历过的冒险之旅。可个中不适和凶险他却只字未提。

还有一次，我刚被任命为“原始梵社”的秘书的时候，我前往公园街父亲的住处，告知他我不赞成在祭拜仪式上排斥其他种姓、只允许婆罗门教徒参加的惯例。他毫不犹豫地允许我在力所能及的情况下去拨乱反正。我得到了父亲的许可，却发现自己还缺乏力量。我能够发现缺陷所在却无力创造完美！充满力量的人们在哪儿？我身上能够吸引正确人选的力量在哪儿？我又是否有办法在我破坏的那些地方重新建设？在这样的人出现之前，有一点力量总是好过于无的，我觉得这一定是父亲对于现有秩序的观点，他只是一时不忍挫败我的信心而对改革中的困难缄口不语。

正如他允许我在山野间从心所欲地游玩，在追寻真理的过程中他同样给我选择自己道路的自由。他不会因为我犯错而放弃这种信任，也不会因为我可能会遭遇悲伤而担忧。他在我心目中树立起一个标杆，而非一把戒尺。

我会时常和父亲聊起家里的情况。不管什么时候，但凡我收到家里任何人的来信，我都马上交给父亲看。我真的觉得自己成了一个渠道，父亲从我这里可以获悉从他处无法知晓的场景。父亲也把我哥哥们写给他的信交给我读，通过这种方式来教会我应该如何给他写信，因为他绝对不会轻视外在形式和礼节的重要意义。

我记得在我二哥的一封来信中，他用某种梵语的措辞抱怨说他忙得不可开交，脖子都快要被工作和义务套住了。父亲要我解释一下信中我二哥的心态，我照着我自己的理解作了解读。但他认为另一种解释更说得通。我多度的自信促使我坚持和他争论不休。换做别人可能已经厉声斥责让我闭嘴，但是父亲耐心听完了我的陈述，而后又不辞辛苦地用他的观点来和我交流。

父亲有时候会讲一些好玩的故事给我听。他有很多他那个时候的阔少爷们的笑谈轶事。那时候有些公子哥的皮肤细致得就连达卡细平布上的绣花边都相形见绌。因而他们在穿细平布的时候就把花边撕下来，一时居然成为时髦的事情。

我头一次听父亲讲好玩的故事就乐坏了。故事说的是有一个卖牛奶的人，别人怀疑他的牛奶里掺了水。其中有一个顾客就派人来查看他挤牛奶，派来的人越多，他的牛奶就越淡。最后，那个顾客亲自跑来讨个说法。卖牛奶的声明，如果还要让更多人来看他挤奶的话，那么他的牛奶就只好用来养鱼才能让他们满意了！

就这样和我父亲度过几个月后，他就让他的仆人奇肖里把我送回了家。

归　家

离开家的时候，桎梏我的那条严酷的锁链咯嗒一声永远地断开了。回家以后，我受的待遇变得大不一样。大概是因为，一直以来我都不离左右，人们也就不把我放在心上；而今我离开了这么久，一回来便处于众人关注的焦点之中。

归家的路上，我已提前品尝了受人激赏的滋味。只带着一个随从，我便独自踏上了旅途，头戴一顶炫目的平金小帽，周身洋溢着热情活力，在火车上遇到的英国人，无不对我赞赏有加。

回家，对我的意义不仅仅是旅行归来，而且也意味着仆役房的流放生涯告一段落，我终于在内室有了一席之地。内室的家人们常在我母亲的房里聚会，而今我也能荣耀地跻身其中了。连我们家里那位最年轻的新娘也在我身上倾注了不少关心与怜爱。

襁褓中的婴儿，不用请求就能得到女性的关爱，那是犹如阳光和空气的必需品，接受它纯属自然本能，无须任何思考。与此相反，成长中的孩子，常常渴望逃离女性丝丝牵挂的罗网。但如果一个不幸的孩子，在本该被人关爱的年纪，却没有得到关爱，他就会变得一无所有。这也就是我的悲惨命运。因此，在仆役房里养大的我，突然间得到女性泉涌般的爱怜，我很难无动于衷。

在内室遥不可及的那些日子里，那儿成了我想象中的乐土。闺房在外界看来，是一所限制重重的监牢，但对我来说则是一个自由之邦。那里既无学校，也无先生；并且，似乎任何人都不必做他们不愿做的事情。隐居生活的悠然，带有某种神秘感；人在里面嬉戏玩耍，或者做自己想做的事，而且不必向任何人汇报。我最小的妹妹尤其如此，她虽然也和我们一起上尼尔卡玛先生的课，但先生对于她功课的好坏并不挂心。不仅如此，十点钟时，我们必须匆匆吃完早饭，准备上学，而她呢，身后的辫子一摇一摆，满不在乎地步入闺房，平白扰乱我们心神。

自从那位佩戴着金项链的新娘嫁到我们家里来，内室就变得更加神秘了。她来自外面的世界，又成为我们的家人，她是陌生的，却又是亲近的——如此奇妙地吸引着我，让我热切地想同她成为朋友。但每次我费尽心力设法接近她时，我的小妹就推搡着我嚷道："你们男孩儿来这里干什么，赶紧出去！"失望又添屈辱，深深刺痛了我。透过她们闺阁的玻璃门，能瞥见各色各样的稀奇玩意儿——各种瓷器和玻璃制品——色彩华丽，纹饰美艳。我们甚至连摸一下都不配，更遑论鼓起勇气要求赏玩了。虽则如此，但对于我们男孩子来说，这些珍奇宝贝，更给内室增添了几分魅力。

吃了几次闭门羹后，我只好和内室保持距离。里外两个世界对于我，都是遥不可及的。因此，内室于我的印象，恍似图画一般。

夜里九点之后，上完阿戈尔先生的课，我回房就寝。一条装有帘幕的长廊连通内室和外屋，顶上挂着一盏昏暗摇晃的灯笼。长廊尽头的拐角，有四五级楼梯，是灯光照不到的地方。下了楼梯，我走到第一个四方内院的回廊上，一道月光从东方的天空斜射入走廊的西角，余处皆漆黑一片。在这方寸的光亮之中，女佣们团坐在一起，伸着腿坐在地上，一边将废棉纱搓成灯芯，一边低声谈论她们在乡下的家。许多这样的画面都在我的记忆里留下了不可磨灭的印记。

晚饭过后，我们先在走廊上洗过手脚，方才舒服地伸展在宽敞的床上。然后，我们的保姆之一，婷卡里或是珊卡里，就过来坐在我们的枕边，轻柔地向我们诉说王子在孤独的荒原上漫游的故事。故事讲完了，寂静也笼罩了整个房间。我面墙而卧，凝视着墙上由于泥灰剥落而呈现出的黑白斑块，在昏暗的光线里隐隐闪现，在我脑海里幻化出许多奇异的景象，朦胧中我坠入了梦乡。有时在半夜，半梦半醒之中，我听见巡夜人老斯瓦卢普在走廊上巡视时的叫喊。

新秩序终于来临，我得以从我所幻想的未知的乐土里，得到我期盼已久的认可。这本该是经年累月的给予，却忽然将它积下的欠账，一股脑儿补偿给我，我不敢说自己没有被冲昏头脑。

这个小旅行家满是旅途的见闻。一次次的复述使得叙述渐渐变得信马由缰，以至于最终的版本离事实相差千里。唉！就像世间万物，故事总归会变得过时，讲述者的荣光也会退去，因此他得一次次重新上色，好使故事永葆新鲜。

许多个夜晚，我的母亲常在屋顶平台上举行露天集会，从喜马拉雅归来后我就成了主讲人。想在自己母亲的眼里成为重要人物，而要获得这种名声又全不费功夫，这样的诱惑实在让人难以抗拒。我在师范学堂念书时，在某本读物上头一次了解到，太阳的体积是地球的千百倍。我立刻将这一发现告诉母亲，向她证明看来渺小的人，也可以很伟大。我也常常把孟加拉语法书上，韵律或是修辞那一章用来举例的零星诗句背给她听。现在我就在她的晚间集会上转述些从普罗克特那里获得的天文偶拾。

父亲的属下奇肖里一度曾是达萨拉提叙事诗吟诵班的成员。我们同在山区的那段时间里，他常对我说：“哦，我的小兄弟[1]，若是有你在我们的诵诗班，我们的演出一定会很精彩。”这句话在我心里描绘出一幅让人神往的画面：我成为一名游吟诗人，四处漫游，沉吟高歌。我在他表演的节目里学到了许多诗歌，它们可比我谈论太阳这光球或是土星的卫星们，要受欢迎多了。

但在我所取得的成就中，最受母亲认可的还是，当内室的其他仍满足于克里提瓦萨的《罗摩衍那》的孟加拉译本时，我却已经跟父亲读过马哈希·跋弥本人写的梵语原版了。“给我朗诵几段原版的《罗摩衍那》吧，快呀！”从我这儿得知这个消息后，母亲喜出望外地说道。

唉，我读过的跋弥的《罗摩衍那》，本就只限于梵文读本的一小段节选，不曾想就连这段节选我也并非全部精通。更要命的是，当我为此搜索枯肠时，才发现我的记忆欺骗了我，许多本以为记得的，却早已变得模糊不清。但是我却没有勇气向满怀期待的母亲承认“我忘了”，她正等待着自己的儿子施展他非凡的才能。因此，我最终背出的那一段，自己的解释与跋弥的原意相去甚远。我想天国里的那位慈悲的圣哲，

① 佣人们称男女主人为父亲母亲，称他们的孩子为兄弟姐妹。

一定会原谅我这一心想要获得母亲赞许的鲁莽孩子，但是傲慢的毁灭者马都苏丹[①]，却是不会饶恕我的。

我的母亲对于我非凡的才干喜不自胜，想让所有人都来分享她对于我的赞赏之情。“你一定要朗诵给德维简德拉（我的大哥）听听。”她说道。

“这下完了!”我想，只好绞尽脑汁想出各种借口，可是完全被母亲无视。她把我大哥德维简德拉叫了来，他刚到，母亲立刻就招呼他道:“快来听罗宾朗诵跋弥的《罗摩衍那》，朗诵得多么优美动人!”

没有退路了！好在马都苏丹大发慈悲，只施展了一点儿抑制骄傲的功力，就轻易放过了我。大哥一定是在忙于自己的创作的时候被叫来的。对于听我把梵文译成孟加拉文，他表现得一点兴趣也没有。我才刚念了几行，他就简单地说声“很好”便离开了。

我荣耀地获得进出内室的资格后，感到继续学业变得更加困难了。我想出各种各样的托辞来逃脱孟加拉中学。于是他们把我送进了圣泽维尔中学。真是才脱虎口，又入狼窝。

我的兄长们作过几次努力之后，对我已经完全绝望——甚至连责骂都省去了。有一天，我的大姐说道:“我们原寄望于罗宾，能早日成长为一个真正的人，但他实在让我们失望

① 印度教大神毗湿奴的称号，因杀死骄傲的恶魔马都而得名。

透顶。”我感到在这个社会里，自己是大大地贬值了，却仍下不了决心去上学，被绑在磨盘里受它无尽的碾磨，脱离了一切的生活和美，那里就像是残酷骇人的医院和监牢的结合体。

在圣泽维尔的日子里，有一段珍贵的回忆一直完整而鲜活地封存在我的心里——关于老师们的记忆。并不是他们有多么卓越非凡，尤其是我们班的那些老师，简直是教书的机器，我无法从心底对他们恭敬顺从。这教育机器的马达是如此无情的强大，安装在一盘讲求宗教的外部形式的石磨上，少年的心一定会被碾干。我们在圣泽维尔中学受到的就是这类机器驱使的磨盘式的教育。然而如我所说，我还珍藏有一段回忆，使我对于老师的印象上升到了理想中的高度。

这就是关于德·佩奈兰达神父的回忆。他和我们接触并不多——若是我没记错的话，他只是帮我们班的一个老师代过一段时间的课而已。他是西班牙人，说英语时似乎有点磕巴。或许是这个缘故，他讲课时学生们都不太专心。在我看来，学生如此漫不经心对他是一种伤害，但日复一日他只是默默忍受着。不知为什么，我的心里对他充满了同情。他的容貌并不俊朗，但他脸上的神情奇异地吸引着我。每当我看他时，总觉得他的灵魂似乎正在祷告，周身都笼罩在深沉的静穆之中。

我们有半小时的时间临摹字帖，这段时间我常心不在焉，手里拿着笔，却神游天外。一天，德·佩奈兰达神父监管这堂课。他在我们的长椅背后来回踱着步，一定是多次留意到我的笔没有动。突然间，他停在我的椅后，俯下身，轻轻将手搁在我的肩头，关切地问道：“你身体不舒服吗，泰戈尔？”不过是一句简单的问话，却让我终生都难以忘怀。

别人我不晓得，但至少我能够看到他灵魂的伟岸。时至今日，回忆起这崇高的灵魂，我就仿佛进入了神庙的宁静超然的境界之中。

还有一位老神父，受到众人的爱戴。他就是亨利神父。他教的是高年级，因此我不太了解他，但我记得一件有关他的逸事。他通晓孟加拉语。有一次，他问班里的一个孩子尼拉达[①]，他的名字的词源是什么。可怜的尼拉达，一直以来对关于自己的一切事情都不放在心上——尤其是他的名字的词源，更是从未想过的问题。所以对于这个问题，他完全手足无措。然而，在词典里那么多深奥陌生的词语当中，若被自己的名字所难倒，就如被自己乘坐的马车碾过那样荒谬可笑。于是尼拉达大言不惭地回答道：“尼是没有，罗德是阳光；因此尼罗德就是昏天黑地的意思！”

我的家庭环境

在我的青春岁月里，弥漫在家庭中的文学艺术氛围使我

① 尼拉达是梵文“云”的意思，是尼拉（水）和达（赠与）的组合，在孟加拉语中的发音为尼罗德。

获益良多。我记得，当我还是个孩子的时候，我常靠在走廊的栏杆上，望着有许多会客室的那栋独立建筑。每天晚上，会客室里都灯火通明。门廊下停满了豪华的马车，往来宾客络绎不绝。我不太清楚里面发生了些什么，但是常常会在黑暗之中，一直盯着那一排明亮的窗户。我和那里相隔的距离并不太远，但我的童年生活和这些灯光烛火间的鸿沟却是不可逾越的。

我的堂兄贾南德拉刚刚得到一部梵学家塔卡拉特纳先生写的剧本，打算把它搬上家里的舞台。他对文学和美术的热情是永无止境的。他是一个团体的灵魂人物，他们似乎一直致力于有意识地从各方面创造出我们今天所看到的文艺的复兴。在着装、文学、音乐、美术和戏剧方面，一股显著的民族主义浪潮在他的身上和周围觉醒。他热衷于学习不同国家的历史，并且已经开始着手写作孟加拉文的历史研究著作，可惜未能完成。他曾翻译并发表了梵文戏剧《优哩婆湿》，许多著名的颂歌也出自他的手笔。可以说他是写作爱国诗和歌曲的先行者。那时候印度教集会还是件一年一度的盛事，他创作的歌曲《我羞于歌唱印度的荣耀》常常被人演唱。

我的堂兄贾南德拉英年早逝的时候我尚年幼，但只要是见过他的人，就难以忘却他的俊朗容貌、高大身躯。他的社会影响力颇为惊人。人们总是围绕在他身边，对他很是服从。他的魅力无与伦比，因此不必担心这种关系的破裂。他属于那样一种人——在我们国家属于凤毛麟角——他们凭借个人影响力，十分自然地成为家族或者村子里的核心。在任何别的国家，大型的政治、社会或者商业团体一旦组建，这种人就理所当然地担当国家领导人的重任。将各色人等组织为一个共同团体的能力，靠的是特殊的天赋。可惜在我们国家，这样的天赋往往被浪费了。在我看来，就好像把苍穹里的星星拽下来当火柴使。

对于他的弟弟，也就是我的堂兄古南德拉[①]，我的记忆更为深刻。他在家里同样引人注目。他心胸宽广、平易近人，不论对待亲朋好友，还是宾客侍从，都同样亲切热情。在他住的南边的宽阔走廊上，喷泉边的草坪上，还有池塘边的钓鱼台上，他经常邀人举行些私人集会，足见好客的程度。对于艺术的广泛爱好和天赋异禀，使他总是激情四射。若有什么欢宴、嬉戏、演剧或是其他娱乐项目的新点子，找他赞助准没错，在他的帮助下，任何构想总能开花结果。

我们那时年纪尚幼，无法参与到这些活动当中去，但是他们掀起的充满快乐与活力的浪潮，总是撞击我们的好奇之门。我记得堂兄的大客厅里，曾经排练了一出我大哥创作的滑稽戏。倚在自己屋外走廊的栏杆上，我们能听见对面窗子里飞出的声嘶力竭的歌声，混杂着阵阵哄笑，有时还能瞥见

① 著名艺术家加甘南德拉和阿巴尼德拉的父亲。

阿卡什·马祖达尔绝妙的滑稽表演。我们无法知晓那首歌唱的是什么，然而却心怀希望，想着有朝一日能够知道。

我记得因为一件微不足道的小事，我便赢得了堂兄古南德拉的另眼相待。在学校里，我几乎没有得到表彰，唯一的荣誉就是一个表现良好奖。三个孩子里，我的外甥萨提亚功课是最棒的。有一次，他在考试中表现突出获了奖。当我们回到家，我蹦下马车，告诉花园里的堂兄这件喜讯。“萨提亚得奖啦!”我边跑边叫。他笑着把我拉到他的膝上。“那你没有得奖吗?”他问道。“没有,”我说，“不是我，是萨提亚。”我为萨提亚的成功感到由衷的高兴，这似乎让我的堂兄十分感动。他转向他的朋友们，说我这种品质值得称赏。当时的莫名其妙我仍记忆犹新，因为我从没有以那种角度去思考过自己的感觉。没有获奖却得到了夸赞，对我来说并非好事。给孩子礼物没什么错，但是这礼物最好别是奖赏。让小孩子感到难为情可不好啊。

午饭后，古南德拉会去我们房子里的一处，办理地产事务。大人的办公场所有些像是某种俱乐部，处理公事之余，总是传出笑语欢声。我的堂兄就倚靠在长椅上，我总是寻找机会接近他。

他常常对我讲些印度历史里的故事。听到克莱夫在印度建立英国秩序后，回国却割喉自杀了，我感到惊讶不已。一边是新的历史纪元开启，另一边却是人心里神秘的暗影中潜藏的悲剧章节。外表如此辉煌的成功，内心如何能有如此悲惨的失败呢？这些想法一整天都压在我的心头。

有段时间，古南德拉堂兄不允许自己对我口袋里装的东西存有任何疑问。禁不起一点撺掇，我就厚着脸皮拿出了自己的手稿本。我几乎不需要强调，堂兄他并非一名苛刻的批评家，事实上，他的评论可以作为绝佳的宣传。然而，我的诗若写得十分幼稚，他无论如何也控制不住那发自内心的“哈！哈!”大笑。

有一天，我写了一首诗名叫“印度母亲”。在某一行的末尾，我能想到的唯一押韵的字，意思是“马车”。尽管连条让车通行的路都无迹可寻，我仍然不得不把这辆马车拽进来——对于押韵的坚持，让我听不进任何理性的说辞。古南德拉堂兄用一阵大笑的狂风将这辆马车吹得原路折返，从此杳无音信。

我的长兄那时正忙于他的杰作《梦幻旅程》，他的座垫放在南边的长廊上，面前摆着一张矮桌。古南德拉堂兄每天早晨会去那里坐上一会儿。他满腔的快乐，如同春风化雨，帮助诗歌破土萌芽。我的长兄写一会儿，就把刚写的念出来，遇到自己的奇思妙想，那粗犷的笑声让整个长廊战栗不已。我哥哥写的东西比他最终的成稿要多得多，他作诗的灵感源泉是如此丰沃，如同春天里层层叠叠的芒果花，给整个芒果林铺上一层花毯，被丢弃的《梦幻旅程》的手稿散落房子的各处。若有人把它们保存下来了，今日会是一篮鲜花，将孟加拉文学装点得异常美丽。

躲在门后偷听，藏在角落偷看，我们曾尽情享用这诗歌的盛筵，如此丰盛而富余。我的长兄那时正值创作的黄金期，从他的笔端喷涌出滚滚浪潮，那是诗意幻想的潮汐，富于韵律和表现力，洋溢着欢欣与喜悦之情，涨满了岸边滩涂。我们那时真能读懂《梦幻旅程》吗？难道我们非得完全理解它才能欣赏诗歌之美吗？或许我们并不知道大海有多深——如果知道我们又能怎么样？——但我们着迷于波涛拍岸时的欢喜。在一声声的击打下，我们生命的血液欢呼地奔腾在每一根血管之中。

越是回忆起那段时光，就越是意识到我们永远失去了穆吉里斯[①]这样东西。在童年时代，我们见证了上一代人所特有的亲密社会关系的余晖。那时邻里间的感情十分融洽，因此像穆吉里斯这样的集会是必不可少的，为此做出贡献的人总是受到大家的爱戴。今天，人们互相拜访，为的是生意上的事情，或者因为某种社会责任，却再也不会以穆吉里斯的方式进行交往了。他们没有空闲，更缺乏旧时的亲近关系！我们曾经见证了怎样快乐的邻里往来啊，房间里、走廊上，到处充满欢声笑语！我们前辈所拥有的能力，成为团体和集会

① 在孟加拉，这个词意指非正式的、未经邀请的聚会。

的中心，进行活泼有趣的闲聊，已经不复存在。人们依旧来来往往，旧日的房间与走廊却显得空旷、颓败。

在那个时代，从家具到宴会，每样东西都是为了大多数人的享受而设计的，因此就算有些浮华奢靡，也不至于显得傲慢。从那以后，这些附属品在数量上大大增加了，然而却变得没有温度，失去了那种魔力，能使不同阶层的人都能感到家的味道。衣不蔽体的人们若是没有得到允许，仅凭一张笑脸，永远不能得到使用或者占有它们的权利。如今，在房屋样式、家具品位上我们努力模仿的那些人，他们有属于自己的社交圈子，并且具有宽泛的适宜性。我们的错误在于，既失去了已有的，又没办法在欧洲标准上重建新的，结果我们的家庭生活从此变得毫无乐趣可言。为了商业或者政治目的，我们仍会碰面，但是却永远也不能简单地为了寻求快乐而见面。我们不再单纯由于热爱自己的同胞，就找机会聚在一起。我想象不出还有什么东西比这种社交上的吝啬更令人心生厌恶。当我回首往事，想起那些人发自内心的银铃般的笑声，使我们减轻了日常俗事的负担，他们似乎成了另一个世界的来客。

文　友

少年时期，有一位朋友对于我文学上的进益，帮助是不可估量的。阿克塞·乔杜里是我四哥的同学。他是英国文学硕士，对于英国文学不但满腔热情，也相当精通。而另一方面，他也同样喜爱我们孟加拉的老作者和毗湿奴派诗人。他读过的孟加拉无名诗人的诗作数以百计，他常常不顾曲调，不计后果，也无视听者的明确反对，高声吟唱这些诗句。也没有任何内外因素，能阻止他为自己的音乐打响亮的节拍，离他最近的桌子或是书都可以为他所用，灵活的手指在上面敲得咚咚作响，帮助他调动听众的情绪。

他也是那种具有超凡能力，可以从万事万物中萃取出乐趣的人。他时刻准备着从一件事物上汲取哪怕最细微的精华，并立即唱出他夸张的赞美诗。天赋异禀的他能够七步成诗，但他并不因此而骄傲自得。地上散乱堆积的稿纸，上面全是他用铅笔进行的创作，他却毫不在意。对于自己多产的才能，他表现得那般淡漠。

他的一篇长诗在《孟加拉大观》上发表的时候，受到极大的推崇，我听到过许多人传唱他的诗歌，虽然他们并不知道作者是谁。

对于文学发自内心的喜爱，比博学更加难能可贵，正是阿克塞先生的热情愉悦唤醒了我的文学审美。他对于友情的慷慨不亚于他的文学批评。在陌生人中间，他就像一条离水的鱼，而在朋友中间，智力和年龄上的差别，他都丝毫不以为意。和我们孩子在一起，他就是个孩子。深夜，当他离开大人们的穆吉里斯时，我常常强行把他拉到书房里去。在那里，他坐在我们的书桌上，以一贯的温和态度，成为我们小小集会的灵魂人物。在许多这样的场合里，我听他兴高采烈地为我们讲解着一些英国的诗歌；他还参与欣赏的讨论，批评的探索，或是热烈的争辩；有时我朗诵自己的作品，他总报以毫不吝惜的称赏。

我的四哥乔迪任德拉，是我文学和情感之途上最重要的引路人。他自己是一个热情的人，也乐于唤起他人的热情。他没有让年龄的差距阻碍我们之间知识与情感的自由交流。他给与我的自由的恩惠，是其他任何人都不敢给的，许多人甚至因此而责怪他。他的友谊使我能够抛开自己的羞怯敏感。我那幼时受过严酷压迫的灵魂，就像久旱后遇到甘霖一般。

若不是这样突然地把我的枷锁斩断，我很有可能终身残疾。掌权的人总是锲而不舍地举出自由遭到滥用的可能性，作为限制自由的合理性，但是若失去了这一可能性，自由就不是真正的自由了。学习合理使用一件东西的唯一方法，就是通过错误地使用它。至少对于我自己确是如此，从我的自由中产生的任何小毛病，总能把我引入纠正毛病的正途。人家揪着我的耳朵，强迫我吞咽的东西，不论是精神的还是肉体的，我都无法将它内化为我自己的。除非给我选择的自由，不然我所得到的除了痛苦，再无其他。

乔迪任德拉哥哥对我完全放任自流，让我用自己的方式求索。只有从那时候起，我的天性才准备要伸出它的棘刺，可同时也开出了姣妍的花儿。我的经验使我并不那么惧怕罪恶本身，与此相比专制下的求善才更加可怕。对于政治或是道德上行使惩罚的警察，我都怀有一种审慎的恐惧。因之产生的奴役状态是人性里长出的恶性肿瘤。

我哥哥曾一度好几天就扑在他的钢琴上，心无旁骛地谱写新的曲调。一串串旋律从他舞动的指尖下流淌出来，阿克塞先生和我就坐在两侧，忙于给这曲调配上些文字，以帮助我们记谱[1]。我就是这样成为了作诗的学徒。

随着我们长入少年时期，家庭里对音乐培养的热情也盛行起来。这给了我一种便利，使我能够毫不费力地将音乐融入我的整个身心。这当然也有缺陷，就是没有能让我循序渐进地真正掌握良好的技艺。因此，我还远未达到音乐上的精通。

自我从喜马拉雅山回来，我便开始获得越来越大的自由。仆役时代结束了，学校生活的许多束缚也松弛下来；然而对于我的家庭教师们，我却仍旧无计可施。吉安先生断断续续地带我读过《战神的诞生》和另外一两本书后，离开我家从事了一份法律事业。紧接着来了布拉加先生。第一天他就要我去翻译《威克斐牧师传》。我发现自己对这本书并无好感；但是这却促使他为了我的学业进步，煞费苦心地为我制定了

① 英译者注：那时还没有记谱法，当今最为普及的一套记谱法正是作者的这位哥哥在其后发明的。

更加周详的学习计划，我差点没溜之大吉。

正如我之前所说，长辈们都放弃了我。我跟他们一样对自己的未来没抱有更多的期望。因此我无羁无绊地全身心投入到了创作上，写出的诗歌也并不比期望的好。我心中空无一物，只有热蒸汽以及充满蒸汽的气泡，在懒散的幻想的漩涡周围泛着白沫、打着旋，漫无目的，也缺乏意义。没有形式的演变，仅有杂乱无章地运动，沸腾出一个泡泡，瞬间又化为乌有。里面仅有的一点东西都不属于我，是借鉴于其他诗人的。属于我自己的只是躁动与不安的紧张情绪。运动已经产生，力量的平衡却还远未成熟，那是一段盲目的混沌期。

我的嫂子[1]酷爱文学。她读书不是单单为了打发时间，她读过的那些孟加拉书籍填补了她的整个心灵。我是她文学之路上的同伴。她是《梦幻旅程》的忠实崇拜者，我也一样。更为不可思议的是，浸润在它创造的氛围里，那种美已经与我心灵的一丝一缕交织在了一起。幸好它完全超出了我的模仿能力，因此我从没想过要去进行那样的尝试。

或许可以将《梦幻旅程》比拟为华美的寓言宫殿，内有不计其数的大厅、房间、走廊、角落以及装满雕像和图画的壁龛，设计做工都令人称奇；宫殿四周围绕有数不清的花园、凉亭、喷泉和幽微的角落。这部作品不仅饱含着诗意与幻想，

① 英译者注：也就是前文提到过的，内室的那位新娘，作者四哥的妻子。

华彩缤纷的语言和表达也相得益彰。这是一部非同小可的作品，其创造力竟能在完美的艺术细节之上形成如此恢宏的结构，这也许就是为什么我从来没想过试图去模仿它的原因所在。

这时，维哈里拉尔·查克拉瓦蒂的组诗《萨拉达·曼加尔》发表在《圣见》上。我的四嫂被这些美妙的诗句给深深地迷住了，多数她都能背出来。那时她常常邀请这位诗人来我们家做客，还亲手为他绣了一个坐垫。这为我提供了与他结交的机会。他对我十分喜爱，我也开始频繁地去他家拜访，不管是晨昏还是晌午。他的心胸和他的身材一样宽广，总有一圈幻想的光环围绕着他，诗的灵魂似乎是他更真实的形象。他总是饱含真正的艺术喜悦，无论何时我去拜访他，总能受到这份喜悦的感染。通常我会在三楼的小屋里找到他，在正午的炎热之下，他懒散地趴伏在凉爽锃亮的水泥地板上写诗。尽管我只是个孩子，他总是由衷热诚地欢迎我，和他在一起时我感觉不到丝毫的局促不安。然后，他会念他写的诗，或是唱他写的歌给我听，完全沉浸在他的灵感之中，超然物外。他的嗓音条件并没有多好，但他唱起歌来却从不跑调，人们能够欣赏到原汁原味的旋律[①]。当他合上双眼，打开厚重低沉的歌喉，放声高歌时，饱满的情绪弥补了技巧的不足。他的

① 英译者注：对于外国读者，还是解释一下为好。印度音乐在原作的基础上多少会有即兴表演的成分，因此作曲家只须创作出一个乐曲提纲就足够了。

歌声至今仍回响在我的耳畔。有时我也将他的文字配上音乐，然后唱给他听。

他十分推崇跋弥和迦梨陀娑。记得有一次，他慷慨激昂地朗诵了一段迦梨陀娑关于喜马拉雅山的描写，然后说道："这里连续的长［a］音不是偶然的。诗人有意从 Devatatma 到 Nagadhiraja 一直重复这个音，是想让人领略喜马拉雅山的雄浑壮丽。

那时，我最大的抱负就是成为像维哈里先生那样的诗人。我甚或已经成功让自己相信我正在像他那样写作，但我的四嫂，他的热心读者，站出来阻拦了我。她总是不断地提醒我一句梵文格言：汲汲于诗名的人终会在嘲笑声中离去！很可能她知道如果一旦让我的虚荣心站了上风，那么日后将再也难以驾驭。因此不论是我作诗的能力，还是我唱歌的水平，都很难得到她的称赏；她也从不放过任何一个夸赞其他人歌喉的机会；结果渐渐地我完全确信了自己嗓音的缺陷。对于作诗能力的担忧也开始困扰着我；但是，这是我唯一有机会维护自尊的一个领域了，决不能让别人的评判剥夺我所有的希望；况且我内心的激情如此坚定，若要我停止诗歌的冒险，那是绝对不可能的。

巴努·辛迦

我曾说过，我是阿克塞·萨卡和萨鲁达·米特两位先生所编选出版的毗湿奴派诗集的热心学生。这些诗的语言大部分和迈蒂利语混在一起，让人感到晦涩难懂；但也正因为如此，我才更加努力地去寻求它的意义。我对这些诗怀有热切的好奇，就如同对种子里萌动未发的新芽，或是覆盖大地的尘土下无人知晓的神秘一样。发掘这些未知的诗歌宝藏的希冀，使我在逐步深入到这座宝库的未知黑暗之中的时候，热情丝毫不减。

在我醉心于此的时候，一个想法忽然闪现在我的脑海之中，为何不把我自己的作品也包裹在这样的神秘之中呢。我曾经在阿克塞·乔杜里那儿听到过英国小诗人柴特顿的故事。他写的诗如何我完全不了解，或许连阿克塞先生自己也不知道。我们若是知道的话，也许这故事就魅力全无了。这故事的戏剧因素偶然间点燃了我的想象，他成功的经典仿写不是蒙骗过许多人的眼睛吗？最后这不幸的青年亲手结束了自己的生命。除去自杀的这一部分，我束紧了裤腰带去追赶少年柴特顿的功绩。

一日晌午，天上浓云密聚。享受着午休时分的宜人凉荫，我伏卧在内室的床上，在石板上仿写迈蒂利语的诗歌：Gahana kusuma kunja majhe。我对这首诗感到十分满意，即刻就念给我遇到的第一个人听。这里碰巧没有人能听懂迈蒂利语，因此我完全没有被识破的危险，人们最后只能严肃地点着头评论道：“好，实在是好！”

一天，我对那位方才提到过的朋友说：“我在原始梵社图书馆翻查旧书的时候，发现了一本残破不堪的诗歌手稿，便从上面抄下了古毗湿奴派诗人巴努·辛迦[1]的几首诗。”一面我就对他念了几首我的仿作。他激动不已，狂喜地赞叹道：“连维迪雅帕蒂或是钱迪达斯也写不出来这样的佳作啊！我一定要把这诗稿交给阿克塞先生发表。”

这时我向他展示出我的练习簿，确凿地证明这几首诗决不可能是维迪雅帕蒂或是钱迪达斯所写，因为作者恰好就是我本人。我的朋友颓然地嗫嚅着：“是的，是的，这些诗还不错。”

当这些巴努·辛迦的诗作在《婆罗蒂》上登出来的时候，尼希康达·查特吉博士正在德国。他写了一篇论文，比较印欧的抒情诗。巴努·辛迦被尊为现代作家难以望其项背的古诗人之一。尼希康达·查特吉博士凭借这篇论文获得了博士学位！

我发誓不管巴努·辛迦可能是个什么人，如果他的作品落到现代的我手上，我是决不会受骗的。语言或许可以蒙混过关，因为古诗人写作时并非使用他们的母语，而是一种仿造的语言在不同诗人笔下的变奏。但是诗中的情感，丝毫没有矫揉造作之态。只要稍稍质疑一下巴努·辛迦的诗作，这

---

① 古毗湿奴派诗人常将自己的名字嵌入诗的末节，作为自己的署名。巴努与罗宾（即作者）的含义皆为“太阳”。

枚戒指就会显示出金属的内里来。它没有古诗笛声的悠远醉人，徒有外国现代手摇风琴的叮当回响。

爱国主义

表面看来，我们的家庭似乎受到不少外国风俗的影响，但是我们内心却始终燃烧着一股永不熄灭的民族自豪感。我的父亲，终其革命沉浮的一生，心系祖国，从未放弃，他的后辈们因此生发出一种强烈的爱国热情。然而对于祖国的爱，绝非我笔下那个时代的特性。那时受过良好教育的人们，都与他们的祖国在语言和思想上保持相当的距离。不过我的哥哥们却在孟加拉文学上辛勤耕耘。有一次某个新的姻亲给我父亲寄来一封英文信件，父亲立即将信退还给了他。

一年一度的印度教徒集会，是在我们家族的帮助下成立的。拿巴戈帕尔·米特先生被任命为集会的管理者。这或许是我们第一次尝试将印度虔诚地当作我们的祖国。我二哥那首广为传诵的国歌《印度万岁》就是在那时谱写的。人们唱着赞美祖国的乐章，吟诵着深爱祖国的诗篇，本土的工艺品被拿出展览，民族的天赋和才能得到激发——这一切共同构成了集会的特色。

当寇松勋爵在德里举行接见仪式时，我写了一篇散文，李顿勋爵在德里召开御前会议的时候，我写的是一首诗。那时英国政府确乎十分畏惧俄国人，但却并不害怕一个十四岁诗人的笔杆。因此，虽然我的诗并不缺乏我那个年纪所特有的激愤情绪，但是政府当局上至总督下至警务处处长，并没有表现出一丁点惊慌失措。《泰晤士报》上也未刊出任何痛哭流涕的读者来信——预言由于当地官员的漠不关心，帝国将加速衰亡。印度教徒集会时，我在一棵树下朗诵我的诗歌，听众中有一位是诗人纳宾·森。我长大成人后，他还向我提起这事。

我的四哥乔迪任德拉当时在负责一个政治团体的事务，老拉吉那拉因·鲍斯先生是那儿的主席。他们在加尔各答的一条昏暗小巷的一幢危楼里举行会议。会议进行于神秘的氛围之中。说实话，我们的议题和行动并没有什么政府或者人民需要害怕的东西，会议的这种神秘氛围才是它唯一让人感到敬畏的地方。我们家庭里其他人都不清楚我们每天去了哪里消磨一下午。房子的前门上着锁，会议室一片黑暗，口令是一句吠陀咒语，我们的谈话几近耳语。光这些就足够让我们兴奋的了，我们并不奢求更多。虽然仅仅是个孩子，我仍旧跻身其中。我们将自身环绕于纯粹的迷狂气氛之中，那样我们似乎总能乘着热情的翅膀翱翔于天际。腼腆、羞怯或是恐惧之心，我们通通没有，我们的主要目的是沐浴在自己散发出的热情之光中。

勇敢或许有时也会带来缺陷，但是人们永远能够保持对它的深深敬畏。在所有国家的文学中，我们发现一种不懈的努力，力图提醒人们这份敬畏的存在。因此不论在哪个国家，哪个特定地区的哪个特定的人，都无法逃脱这种刺激性冲击所带来的持续影响。我们在顺应这种努力和冲击的过程中满足自我，放飞我们的想象力，聚在一起高谈阔论，热情地歌唱。

毫无疑问，若是堵塞所有出口，禁闭所有通道，让人的天性中根深蒂固并且让他引以为傲的一项才能无法施展的话，就是有违自然天性，甚至会导致人的堕落。在帝国政府的任何一项综合体制里，都不应仅仅向人们提供成为牧师这样的出路，如果想要冒险的勇敢灵魂无路可寻，人们会渴求释放，转而寻找秘密通道，这条曲折的小径没人知道将通往何方。我坚信，那时政府若是出于疑虑表现得面目可憎，那么这个团体的年轻成员们表演的喜剧将可能变为一出无情的悲剧。然而，演出已经结束，连威廉堡的一块砖头都没有受到损害，如今我们回忆起这段往事也会一笑置之。

我的哥哥乔迪任德拉开始为印度民族服饰的设计奔忙，并向协会递交了许多不同的设计方案。腰布显得不太实用，长裤又太西化，因此他灵光乍现想出了个折衷之法，结果使得腰布降低了格调，同时也未能让长裤变得更好。说得确切些，他将长裤的前后加了片假腰布作为装饰品。那个可怕的头巾与遮阳帽的混合物，我们这最热心的成员都不敢贸然称之为饰物。没有哪个胆识平平的人敢做这种尝试，但某个下午我的哥哥毫不畏缩地穿着全套服装，光天化日之下穿过房屋走到外面候着的马车里，对亲朋好友、看门人和马车夫的目光一概不予理会。我确信愿意为国捐躯的印度勇士多如牛毛，但是能够为了祖国的利益，竟敢于穿上这套泛印度服饰来直面大众的勇士，还真是凤毛麟角。

每个周日我的哥哥会筹备一次狩猎会。那些不请自来的参加者，很多人我们甚至都不认识。其中有木匠、铁匠以及其他社会各阶层的人。这个狩猎会唯一缺少的就是杀戮，至少我是不记得有过的。它的附加活动是如此丰富、让人满足，以至于我们感到死伤猎物的缺席根本就不值一提。由于我们一大早就得出发，我嫂子会给我们准备充足的烙饼和适当的配菜，就算我们狩猎的运气不佳，也不会空腹而归。

马尼克吐拉一带不缺花园别墅。每次狩猎之后我们都随意找一家进去，不论高低贵贱，一同坐在池塘边的洗浴台上，对着烙饼饕餮一番，吃得只剩个盘子底。

卜拉遮先生是这些不嗜杀戮的猎人中最热心的人之一。他是市立机构的主管，有段时间也曾担任过我们的家庭教师。某天，我们又一次闯入人家的别墅花园，他想到个巧妙的法子搭讪园丁："你好，舅舅最近来过吗？"园丁忙不迭地向他恭敬地行礼，接着答道："没有，先生，老爷最近都没来过。""那好吧，给我们摘些绿椰子下来吧。"那天的烙饼大餐之后我们还喝了甘甜的椰汁。

一个小地主也加入了我们的聚会。他在河边拥有一幢别墅。有一天我们在那儿一起野餐，不顾种姓制度。下午的时候，起了场巨大的风暴。我们站在通往水面的河边阶梯上，大声咆哮着歌唱，为风雨伴奏。我不敢肯定，在拉吉纳拉因先生的歌声中，七个音阶能被分辨出来，然而他发出了他的声音。正如在古老的梵文作品中正文淹没于茫茫注释之中，拉吉纳拉因先生的音乐实践中，他的四肢和面部的充沛表现力盖过了他微弱的演唱声。他的头左摇右晃打着拍子，扬起的胡子被风暴肆意破坏。直到半夜我们才租了马车回家。那时乌云散去，繁星闪烁。黑暗更加浓稠，四周静谧，乡村小路上没有人走过，无声的宴会上，两旁的丛林里萤火虫星星点点开启了火花的狂欢。

我们协会的目标之一，是支持火柴制造业和其他类似的小产业。为了这个目标，每个成员都得贡献出自己收入的十分之一。火柴必须要生产，但是制造火柴的木料却很稀缺。尽管我们都知道一双巧手能使一捆干椰叶的主脉发挥多么火热的能量，但是在它的接触下燃烧起来的并不是一根灯芯①。经过各种试验，我们终于成功制出一箱火柴。由此显示的爱国主义热情并不是这些火柴的唯一价值，花在制造火柴上的

① 译注：干椰叶的主脉是一根火柴棒粗细的尖木棍，一捆可以做成常见的孟加拉家用扫帚，家庭主妇常常用它来保持家庭的秩序。此处暗指它打在人裸露的后背上的效果。

钱都可以让家用炉灶燃烧一年了。还有一个小缺陷就是，这些火柴无法自燃，必须在其他火源的帮助下才能点燃。要是它们能够继承一些诞生时的爱国主义火焰，就算到今天它们仍然会有销路的。

消息传来，有个青年学生正在试制动力织布机。我们立即过去瞧了瞧。我们没有一个人拥有这方面的专业知识，好检测它的实际功用，可是我们对此的信任和期望不逊于任何人。这可怜的家伙因为制造机器上的花费而欠了点债，我们替他还清了。后来有一天，我们看到卜拉遮先生头上围着条薄薄的乡村毛巾来到我们屋里。“我们的织布机织的!”他边叫边手舞足蹈地庆祝胜利起来。那时卜拉遮先生的鬓边已经变得灰白。

最后，一些聪明世故的人来加入了我们团体，使我们品尝了知识的禁果，因此失掉了这片小小乐园。

我最初认识拉吉纳拉因先生的时候，还没有到能够欣赏他的多才多艺的年纪。他是多重矛盾的结合体。尽管他灰发白须，但他和我们中最小的一样年轻，他沧桑的外表只是一层白色的罩衣，使他永葆青春。即使他渊博的学识也不能减损他半分，因为学问带给他的是绝对的单纯。他发自内心的欢笑，如一道洪流奔腾不息，直到生命的尽头。不论是他增长的年纪，带病的身体，还是家庭琐事，抑或深邃的思想，渊博的学问，都不能阻止这道奔流。他曾是理查森的得意门生，而且在英语学习的环境中成长，然而他毅然抛弃了早年习性带来的障碍，一心一意献身于孟加拉文学。即便是最懦弱的人，在爱国主义的召唤下也能迸发出最热烈的火焰，仿佛要将他的祖国的缺陷和贫乏都燃成灰烬。对于这位笑容甜美、热情燃烧、青春永驻的圣贤的回忆，值得国人珍藏于心。

艾哈迈达巴德

《婆罗蒂》面世的第二年，我二哥提议带我去英格兰；当父亲同意了他的请求后，这不期而至的恩赐，对于我来说真是莫大的惊喜。

第一站，我陪同二哥前往艾哈迈达巴德，他在当地任职法官。正值二嫂和孩子们其时都在英格兰，所以房子实际上是没人住的。

法官的官邸以“国王的花园”而为人所知，是古代国王的宫殿。承托着一片开阔阳台的墙角处，一条浅浅的的小溪沿着夏日的萨瓦马蒂河丰满的河床边缘流淌着。我哥哥去法院的时候，我就被独自留在敞阔的官邸中，只有鸽子“咕咕”声，打破正午的死寂；一种无法言说的好奇驱使我在空旷的房间中游逛。

在一间大房间墙上的壁龛里，我哥哥放了不少书。其中有一本是丁尼生的作品精选，书中是印得硕大的字，配有许多插图。对我而言，这本书就如同这个宫殿一样寂静。我也一样在这些插图间信步而行。倒并非我无法理解其中的诗文，只是它比起文字，更像是在对我发出口齿不清的喁喁细语。在我哥哥的图书室里，我还发现了一本由哈伯林博士选辑、老斯拉姆普里印刷所付印的梵语诗集。这本书有些超出我的理解范围，不过文中洪亮的梵文字句和韵律的节奏，却能使我在《阿摩卢百咏》的诗句中如同跟随柔润的鼓点缓步前行。

宫殿最顶端的房间是我独居的隐士屋。在这里陪伴我的只有一窝黄蜂。在化不开的夜色中，我独自入睡。有几次一两只黄蜂从窝里掉到我床上，若偶然我碰巧翻身压到了一只，这遭遇对黄蜂来说自然并非什么乐事，而对于我来说也只有被蜇到的不快。

有月光的晚上，在靠河的敞阔阳台上来回踱步，是我的随想曲之一。在这样的场景中，我给我的诗歌谱上了曲调。那首献给玫瑰少女的诗便是其中之一，在我业已发行的作品中仍然可以找得到。

当发现我的英语知识有多不完美，我试图借助词典的帮忙，着手通读几本英语书。从早年起我就养成了一种习惯，不会因为对字句没有完全理解而打断阅读的进程，而是在零散的理解基础上由我的想象所构建的框架中自得其乐。甚至我至今仍在收获这一习惯给我带来的善果和恶果。

英格兰

在艾哈迈达巴德度过六个月后，我们启程前往英格兰。

不顺心的时候，我开始写信给我的亲人和巴拉蒂，诉说我的旅程见闻。如今我怕是没法把它们收回来了。这些信无外乎是年轻气盛的产物。一颗年轻的心总是拒绝承认，它最大的骄傲在于拥有去理解、去接受、去尊重的能力，而谦逊是拓宽心灵的最好途径。赞美被看成是怯弱或屈服的标志，言语上贬低、伤害别人的愿望引发了这种知识分子式的激愤。我试图由诋毁别人建立起自我优越性，这既不坦率又缺乏基本礼貌，若不是太伤人的话，如今只怕会引我发笑。

从小我就和外面的世界几乎没有往来。十七岁那年，突然来到这个国家，进入英格兰社会这片海洋之中，我有充分理由担心我是否能浮得起来。不过我的嫂子恰好和她孩子一起住在布莱顿，在她的庇护下我经受住了最初的风暴。

彼时冬日临近。一天晚上，我们正在炉边闲聊，孩子们跑来告诉我们一个令人兴奋的消息，外面下雪了。我们立马出去看雪。天寒地冻，空中洒满了白月光，地面覆上了白雪。大自然没有以我所熟悉的那一面示人，而是呈现出完全不同的样貌——像是一场梦。周遭的一切似乎远远退去，留下宁静的修道者的白色人影，陷入他深深的沉思。只不过踏出了家门，这般奇妙的、令人窒息的美，便给予我之前从未有过的突然启示。

在嫂子的悉心照顾下，和孩子们的嬉闹玩耍中，我度过了些许多欢快的日子。嘲笑我古怪的英语发音让孩子们的得到莫大乐趣，我实在看不出好笑在哪里，不过在他们其他的游戏中我还是能全身心投入的。我该怎么跟他们解释，单词“warm”里的“a”和“worm”里的“o”之间，并没有符合逻辑的区分方法。我实在倒霉，不得不承受一次次嘲笑，这分明是英语拼写变幻莫测的缘故。

我变得十分擅长发现新的方法，让孩子们做事情全心投入并且乐在其中。打那以后这门艺术就一直使我立于不败之地，并且它带给我的益处还远远没有完结，但是我临机应变的能力却不再那样无限丰富了。这是我第一次有机会将自己全心全意地献给孩子，我自己也因此焕发新生、激情洋溢。

然而我踏上这段跨洋之旅，可不是为了把这边的家和那边的调换一下而已。我是来学习法律的，回国后应成为一名高级律师。因此有一天，我被送进了布莱顿的一所公立学校。校长仔细打量我一番后，头一句话便是：“脑袋长得多漂亮啊！”这个细节一直萦绕于我的记忆之中，因为她——家里那位热衷于抑制我的虚荣心，并以此为己任的人——总是让我确信自己的颅相[①]和其他人比起来实在是平庸无奇。我暗自相信了她的话，并在心里悲叹造物主在创造我的时候何其吝啬，希望读者不要因此就不把它算作我的优点了。在许多其他场合，我发现在英国朋友眼里我的评价完全迥异于一直以来她

① 英译者注：那时人们极其热衷于颅相学。

对我的看法，我不禁开始极度忧虑两国之间评判标准的差异起来！

在布莱顿的学校里，有个似乎非常不错的好处：其他男孩对我一点都不无礼。相反，他们经常会往我口袋里塞些橙子、苹果，然后就跑掉了。我只能将他们这样不寻常的行为解释为我是个外国人的缘故。

我在这所学校待的时间也不长，不过这绝不是学校的错。塔拉克·帕利特先生那时在英格兰。他感到这不是条适合我发展的路，于是说服了我的哥哥，允许他带我去伦敦，把我独自留在一间公寓里。公寓正对着摄政公园。那会儿正值隆冬时节。门前挺立着一排树，光秃秃没有一片叶子，嶙峋的枝干上覆满白雪，瞪视着天空——一幅寒冷刺骨的景象。

对于一个初来乍到的异乡人，恐怕没有哪个地方能比冬天的伦敦更为冷酷了。附近的人我一个都不认识，周围的路我也毫不熟悉。独坐窗前、凝视外面世界的那些日子，又回到我的生活中来。然而这次的景色可不那么迷人。大自然眉头紧锁：天空是混浊的；阳光黯淡如死人之眼；地平线缩成一团——永无广袤友好的世界该有的亮丽笑容。房间布置得十分简陋，却恰好有架风琴，当白日过早地褪去，我常常随意地弹奏起来。有时，一些印度人会过来拜访我，虽然我和他们交情甚浅，但当他们起身离去时，我真的很想抓紧他们的衣角不放。

住在这儿的日子里，有一个人来教我拉丁文。他形容枯瘦，衣衫褴褛，看起来并不比一棵光秃秃的树更能捱过寒冬的摧残。我不知道他的年纪，但是他看起来绝对比实际岁数要老。有时正在上着课，他会突然忘记一些单词，变得茫然若失，面有愧色。他的家里人认为他是个怪人。他开始变得为一种理论着魔。他相信，在世界各地所有的人类社会中，人们在每个年龄段，都有某种主导性的观念在起作用。尽管在不同程度的文明下，这种观念表现为不同的形态，但说到底本质是没有区别的。它的存在并非由于人们口耳相传，因为即便在没有交流的地方这个真理一样发挥效用。他全身心地沉溺于收集和记录事实，来证明他的理论。由于太过投入于此，以致家中总是缺衣少食。他的女儿们缺乏对其理论的尊重，或许还常常埋怨他的痴迷。有些时候人们可以从他脸上看出，他发现了些新的证据，因此他的理论也相应地得到发展。这种情况下我会主动提出这个话题，热心地提升他的积极性。其他时候他则垂头丧气，仿佛他的负担过重不堪背负。然后我们的课程便常常陷于停滞，他的眼神游离，散入虚空，他的心神也拒绝回归到拉丁语法第一册上来。他带给我的拉丁文上的帮助，我已不抱任何幻想。尽管如此，这身体上挨饿、心灵上负担着沉重理论的可怜人深深刺痛了我，因此我无法下定决心辞退他。这般有名无实的拉丁文学习一直持续到我离开这幢公寓。离开前夜，我要付他报酬，他可怜兮兮地说道:“我什么也没干，只是浪费你时间罢了，我不能收你的钱。”我费了好大劲最终才说服他收下这些钱。

虽然我的拉丁文老师从未冒昧地拿他的理论证据为难我，但是直到今日我仍旧不怀疑它的正确性。我确信人们的思想是通过某种深层持续的媒介联系在一起的，某一部分的波动会隐秘地传递给他人。

接着，帕利特先生又把我安置在一位名叫巴克的私人教师家中。他一直为学生们提供住宿，并辅导他们复习考试。这个家庭里没有一丁点吸引人的地方，除了他温柔娇小的妻子。人们应该能理解这样一个老师如何能招揽到这些学生的，因为这些可怜的家伙们通常并没有选择的机会。然而一旦想到这样的男人怎么娶到妻子的，就让人难受。巴克夫人试图从爱犬身上寻求慰藉，而每当巴克想要惩罚他的妻子时，他就会折磨那条狗。如此一来，她对于这个可怜的小动物的怜爱，只能是徒增自己的伤感而已。

在这样的环境下，当我的嫂子邀我前去德文郡的托基时，我高兴得恨不得飞奔到她那儿。面对着那里的群山，海洋，铺满鲜花的草地，松木的林荫和两个不知疲倦的小玩伴，我简直不知要如何表达我的喜悦之情。然而，有时我仍不免困扰，为什么我的双眼耽溺于美景，我的心灵浸润着喜悦，我的闲暇时光携着纯粹的欢乐穿越了无垠的蓝色世界，而我却没有受到诗歌的召唤。因而有一天，我顺海滨岩岸走着，带上稿本和雨伞，去完成我诗人的使命。我选的地方拥有无可质疑的美，而非取决于我的韵律或者幻想。有一块平坦的岩石伸出海面，摆出一副亘古的向往海洋的姿态。蓝色的海面涌起白色的浪潮，拍岸声声成为一首摇篮曲，让阳光灿烂的天空微笑着入眠。背后，松树轮廓的投影横陈一侧，仿佛某个慵懒的林中仙女滑落的外衣。在那石筑的宝座上，我写下了一首诗《玛格拉塔利》（沉没之船）。若是当时保险起见将它沉入海底，今天我也或许会相信它是一首好诗。然而我得不到这样的安慰，因为它存在于我体内，即便从我的出版著作里驱逐出去，一张传票或许就能让它回来。

责任的信差是不肯偷懒的。又一次传来了它的召唤，于是我返回了伦敦。这一次，我找到了一处庇护所，司各特博士的家。一个宜人的晚上我拎着包裹侵入了他家。家里只有白发苍苍的博士，他的太太和他们的长女。两个小女儿，警觉于一个印度陌生人的入侵，已经搬去亲戚那住。我想她们是得到我并不危险的消息后，才回到家里来的。

在很短的时间里，我就变得如同这个家庭中的一员。司各特夫人待我如同自己的儿子，而我从她的女儿们那里得到了真心诚意的关怀，即便是自己的亲戚也难得如此。

与这家人生活在一起，使我明白一件事——无论在哪，人的本性都是一样的。我们总爱说，并且我也相信，一个印度妻子对丈夫的奉献独一无二，是欧洲所没有的。但是至少我无法在司各特夫人和一名理想的印度妻子之间看到差别。她全身心扑在丈夫身上。他们收入微薄，因此没有请太多佣仆的必要，司各特夫人亲自打理丈夫的一切琐事。每晚他下班回家前，她都会亲手在炉火前安置好他的扶手椅和羊毛拖鞋。她绝不允许自己有一刻忘记丈夫的喜好，或是能让他高兴的举动。每天早晨，她要和他们唯一的女佣一起收拾房屋，从阁楼到厨房，楼梯上的黄铜栏杆，门把手和家具，都要擦洗、抛光，直到它们再次闪亮为止。除了家庭里的日常琐事，还有许多社会责任的召唤。一天的工作结束后，她会饶有兴致的加入到我们的晚间阅读和音乐中来，因为让自己的闲暇时间充满欢乐，也是一名出色的家庭主妇的不小职责。

有些晚上，我会加入女孩们的桌灵转降神会。我们把手指都放在茶几上，它会在屋子里来回乱跳。后来演变为，我们接触到的不管什么东西都开始振颤。司各特夫人不大喜欢这样。有时她会板着脸摇起了头，怀疑我们的做法是否恰当。虽说难以忍受，然而她并不想扫了年轻人的兴。可是有一天，当我们的双手伸向了司各特先生的高顶烟囱帽，想让它转起来时，她实在无法忍受了。只见她气势汹汹地扑上来，严禁我们动它一下。她无法想象撒旦和她的丈夫的帽子间发生任何关联，即便只是一小会儿。

她的所有行为中，对于其丈夫的敬重是最为突出的。想起她甜蜜的自我牺牲，就让我明确，所有女性之爱里，最为尽善尽美的一种来自敬重，并且若无外在因素的阻挠，女性之爱会自然而然演变为崇拜。如果家庭环境十分奢靡浮华，轻薄无聊使得日夜都失去光泽，这份爱意便会减少，女人的天性无法在此获得愉悦。

我在这里度过了几个月的时光。到了我的哥哥即将返家的时候，父亲写信来让我和他一道回国。我为此欣喜不已。祖国的光照，祖国的天空，都在无声地召唤着我。当我向司各特夫人道别时，她拉着我的手抹泪。“如果你这么快就要走，”她说道，“那又为什么来我们家呢？”如今伦敦不再有这个家了。博士家里的有些成员已经去往另一个世界，其他人散落在我不知道的地方。但是它将永远活在我的回忆里。

一个冬日，当我走在坦布里奇韦尔斯的一条街上，我看到一个男人站在路边。他那裸露的脚趾伸出破了洞的靴子，大部分胸脯袒露在外。他没有跟我说话，也许是因为这里禁止乞讨，但是有一会儿他抬头看着我的脸。我给他的硬币或许超出了他的预期，因此当我走出几步后，他追上来说：“先生，你不小心给了我一枚金币。”他想把金币还给我。我本不会特别记住此事，只因为类似的事情在别的场合也发生过。我第一次来到托基火车站的时候，一个搬运工帮我把行李拿到外面的出租车上。我在钱包里没有找到零钱，于是在出租车开动的时候给了他半克朗。过了一会儿，他开始追赶我们，呼叫司机停车。我自忖他是不是以为我是个笨蛋，想出些借口来敲诈我。车停下来了，他说:“先生，你肯定是把半克朗硬币错看成一个便士!”

我不能说在英格兰没有被人骗过，但都决不是什么值得记住的骗局。而我越来越确信，只有那些值得信任的人才懂得如何去信任别人。我是个不知名的外国人，本可以轻易地逃款而不用担心被罚，但是伦敦的店主们竟没有一个怀疑我的。

我待在英格兰的一整个时期，卷入了一场滑稽戏中，被迫从头演到尾。我碰巧结识了某个高级英裔印度官员的遗孀。她很友好，总是亲昵地叫我鲁比。她的一个印度朋友作了一首英文的悼亡诗，来纪念她的丈夫。没必要去阐释诗歌的优美或是措词的贴切。我的厄运在于，作者偏偏指明这首挽歌要用贝阿迦曲调来唱诵。因此有一天，这位寡妇便恳求我这样为她演唱。我就像个愚蠢的傻子，居然软弱地同意了这个请求。不幸的是，那儿除了我没有别人能完成这项极度荒诞的任务，把贝阿迦曲调和那些可笑的诗句结合在一起。那位寡妇听到印度人用本国的旋律为他丈夫唱诵的挽歌，似乎被深深打动了。我想这件事就到此为止了，然而一切还远没有结束。

在不同的社交场合中，我频繁地遇到这位女士。晚宴过后我们和休息室里的女士们聚在一起，她会请求我唱那首贝阿迦调。其他期待听到一些特别的印度音乐的人，也加入了请求的队伍。接着她从口袋里掏出那首毁灭性的诗歌的复印件，我的耳朵立马涨成红色、发出轰鸣。最终，我低垂着头，颤抖着开了个头，我十分敏锐地意识到这次表演的极度悲惨性，这间房子里除了我没有别人能体会。一曲结束，在一片强忍的窃笑声中，大家齐声说“非常感谢你”、“多么有趣啊”。虽然是冬天，我还是浑身冒汗。在我出生的时候，谁曾预想到这位值得尊敬的英裔印度人之死，会给我带来如此深重的打击呢！

之后一段时间，我和司各特博士住在一起，在大学学院里听课，便与那位寡妇失去了联系。她住在距伦敦较远的一处郊区，我时常接到她的来信，邀请我去做客。然而对于那首挽歌的恐惧，使我不敢接受这些邀请。最终，我收到了她的紧急电报。这封电报发来的时候，我正在去学院的路上，这时我在英格兰的日子也将告一段落了。我寻思着离去之前应当再去见那位寡妇一面，因而对她的请求让步了。

离开学校，我没有回家，而是径直去了火车站。那日天气可怖，雪雾交加，让人感到刺骨寒冷。我前往的车站是这条线路的终点站。因此我感到十分轻松，不觉得有什么必要去询问列车到站的时刻。

所有的火车站台都在铁路的右手边，我给自己在右边的角落里找了个舒服的座位，看起书来。天色已经很暗，外面什么都看不清。到达目的地，乘客们一个接一个地下了车。

我们到达了终点站的前一站，车又开动了。接着，列车又停靠下来，然而却见不到一个人，也看不到站台和灯光。我这唯一的乘客没办法弄清，为什么列车有时会在错误的时间停靠在错误的地点。于是，我放弃了努力，继续我的阅读。这时，列车开始往回行驶。铁路上的古怪还真是无法解释，于是乎我又一次回到了我的书中世界。但是当我们回到了先前的车站时，我再也无法保持镇定了。“我们什么时候到站呢？”我去车站询问道。得到回答:“你刚从那儿过来的。”“那我们现在上哪儿去呢？”我又问道，彻底慌乱了。“去伦敦。”我随即明白，这是一趟往返列车。我又询问下一趟列车，被告知今晚没有班次了。我再请教住宿的问题，明白五里之内也不会有什么旅馆了。

早上十点我吃罢早饭后就离开了家，之后什么也没有吃。当禁食成为唯一的选择时，心灵的苦修就变得容易多了。我把厚外套一直扣到脖子那儿，坐到站台的灯盏下，继续阅读。我带来的这本书是当时刚刚出版的，斯宾塞的《伦理学资料》。为了宽慰自己，我便想也许以后我永远都不会有机会，全神贯注于这样一门学科了。

很快，一个搬运工过来通知我，一辆特别专列正往这里开来，大概半个小时内到。听到这个消息，我喜出望外，再也没法继续看《伦理学资料》了。我本该七点到达，最终却九点才到目的地。“这是怎么了，鲁比？”女主人问道，“你自己究竟干了些什么啊?”我向她描述了我的精彩历险，然而并不觉得有多么光彩。晚宴早已经结束。但是我的不幸并非我的过错，我并没预料到应得的惩罚，更何况施罚者还是个女人。但是那位英裔印度高级官员的遗孀，仅仅对我说:“过来，鲁比，来喝杯茶。”

我向来不爱喝茶，但是它或许有助于缓解我的极度饥饿，抱着这样的希望，我就着几片干巴巴的饼干，咽下了一杯浓茶。当我最终走进客厅时，我看到一群上了年纪的妇人，其中还有一位年轻的美国丽人，和我的女主人的一个侄子订了婚，似乎正忙于通过婚前惯常的恋爱之路。

“我们来跳舞吧。”我的女主人说道。我既无那份心情，又没有跳舞的力气。但是温顺的品格能够完成世上最不可能的事情，因此……虽然这舞主要是为了那对订婚的新人而跳，我却不得不和那些年纪相当资深的女士们跳舞，而我和饿死之间也就隔了一杯茶和几块饼干的距离。

然而我的悲剧此时仍未结束。“你夜里上哪儿住宿呢?”我的女主人问道。我之前还没想过这个问题。当我一言不发地干瞪着她的时候，她解释说当地的旅馆会在午夜关门，我最好别耽误了时间，即刻赶去。幸而也不是完全缺乏周到，我还不必茫然无助地去找旅馆，有一名仆从提着灯笼为我引路。起初我还以为会因祸得福，一到旅馆就立马询问有什么食物：肉啊、鱼啊或者蔬菜，不管冷热，怎样都行！结果得知，我想喝多少酒都行，就是没有吃的。于是我打算在睡梦中忘掉一切，但是她包容一切的怀抱里似乎也没有我的位置。卧室里的砂石地面无比冰冷，一张老旧的床铺和破烂的脸盆架是房间里仅有的家具。

翌日早晨，那英裔印度人的遗孀请我去吃早餐。我发现桌上摆着的全是冷掉的食物，显然是昨天晚宴的残羹冷炙。若是昨晚给我一小块这样的食物，温热也好，冰冷也罢，都不会妨碍到任何人。而我跳起舞来，或许也能不那么像跳上岸的鲤鱼一般，痛苦地扭动。

早饭过后，女主人才告知我，邀我来是为一名卧病在床的女士演唱。我得隔着她卧室的房门为她唱歌。那个寡妇让我站在楼梯平台上，指着一扇关着的门说："她就在这里。"我对着门那边未知的神秘人物，唱起了那首贝阿迦悼歌。病人听过以后有什么反应，我就不得而知了。

当我回到伦敦，为了我那愚蠢的顺从带来的恶果，不得不卧病在床赎罪。司各特先生的姑娘们按着我的良心恳求我，千万别把这当成英国人待客的典范。她们断言说，一定是吃了印度盐的缘故。

洛肯·帕立特

我在大学学院修英国文学课程的时候，洛肯·帕立特是我的同班同学。他大约比我小四岁。在我写作这些回忆的年纪，四岁的差别是不太明显的。但是友谊却很难填补十七岁和十三岁之间的鸿沟。缺少岁月的淘炼，孩子总是急切地想拥有前辈的尊严。但是对于小洛肯，我的心里并没有竖起什么障碍，因为在任何方面我都感觉不出他是我的后辈。

男女学生都一同坐在学院的图书馆里自习。这也是我们俩促膝谈心的地方。如果我们安静一点的话，是没有人会抗议的，可我这年轻的朋友总是那样兴高采烈，一点点小事也能引发他的哈哈大笑。在所有国家里，一旦女孩子们的学习被打扰，她们生气的程度都有悖常理。当我回忆起那许多双带着责备的蓝眼睛，徒劳地对我们放纵的欢笑倾泻着不满时，我感到懊悔。但是在那些日子里，对于学习时被打搅的不幸，我丝毫不感到同情。上天保佑，我一辈子也没有因为扰乱课堂学习而头痛过，更没有一刻的良心不安。

伴随着几乎没有间断的笑声，我们也曾进行过一点文学讨论。虽然洛肯对孟加拉文学的涉猎没有我广泛，但他敏锐的领悟力很好地弥补了这一缺陷。我们讨论的题目之中，有一个是孟加拉语的正字法。

这个问题是如此引发的：司各特家的一个女孩要我教她孟加拉文。当我教她字母的时候，我流露出自豪感，因为孟加拉文的拼写讲究公德心，每一步都不愿逾越规则。我让她清楚地明白，英文拼写得恣意妄为有多么可笑，只有在考试的悲惨强迫之下，我们才会去死记硬背。但我的骄傲很快就栽了跟头。我们发现孟加拉文的拼写，对于规则的束缚也同样不耐烦，然而习惯却使得我对于它的违法行为视而不见。

于是我开始寻求法律来约束这些违法行为。洛肯在这件事上所提供的有力协助，让我感到十分惊讶。

在洛肯成为印度政府公职人员回国之后，发源于学院图书馆的潺潺欢笑，向前流入了更宽阔的河川之中。洛肯在文学上的喧哗笑闹就像是风吹在我的文学探险之帆上。正值青春少年，我乘着散文和诗歌的双轮马车纵辔驰骋，正是洛肯毫不吝惜的赞赏，才使我没有片刻的倦怠。许多次散文或诗歌上的飞跃，都是在他的小屋里完成的。有好多次我们文学和音乐的集会，在晚星的庇护之下聚集，又像黎明时微风里明灭的灯火，在晨星下消散。

在婆罗室伐底①脚下的众多莲花之中，友谊之花一定是她的最爱。在她的莲池畔，我虽没有沾到多少金色的花粉，但是对于友情的浓郁馨香，我是无可抱怨的。

欧洲音乐

我在布莱顿的时候，曾去听过某位首席女歌手的演唱。我忘记了她的名字，可能是尼尔逊夫人或者阿尔巴尼夫人。之前我从未遇见过谁，能将声音掌控得如此卓越自如。即便

① 英译者注：婆罗室伐底，知识女神，在孟加拉被描绘成一个身穿白衣，坐于一蓬莲花之上的形象。

是我们最优秀的歌者，也不能掩藏他们的费力。他们尽自己全力唱出高音或低音，即使超出他们的音域之外，也不会感到羞愧。在我们国家，懂音乐的听众认为，歌手在演唱时添加些自己的想象于其中，对于表演的水准并无损益。出于同样的缘由，他们不在意一曲完美的旋律里有些破音或是演唱者手势怪异。相反，他们有时似乎还认为，这样的外部小缺陷更有利于表现乐曲内在的完美——正如那位伟大的苦行者湿婆①，他的神性光辉正是由于外在装饰的匮乏才显露无遗。

这种情结在欧洲似乎完全不存在。在那里，外在装饰在各个细节上都必须表现完美，即使最小的瑕疵也代表了羞耻，难以面对公众的注视。在我们的音乐集会上，不会想到花半小时去调坦普拉的琴弦，或是让鼓点敲到调子上等等这些大大小小的事。在欧洲，这是演出前就要在幕后做好的事情，必须保证呈现在台前的一切都毫无差错。因此歌手声音里的微瑕也是无从遁形的。而在我们国家，一首旋律的正确的艺术性表达②才是主要目的，全部的努力都集中于此。在欧洲，声音是文化的对象，他们用它表现一切不可能之事。在我们

① 译注：湿婆，印度教三大主神之一，毁灭之神。与衣着华贵的其他诸神相比，湿婆的打扮显得格格不入。他留着苦行者纷乱的蓝黑色长发，头顶装饰着恒河与弯月，脖颈上挂一串骷髅项链；上身半裸，下身围一条虎皮，身缠眼镜蛇，手持三叉戟和弓箭，游荡在鬼灵坟墓之间。

② 英译者注：对于印度音乐来说，这不是一个准确呈现出原有的一段旋律的简单问题，原作的主旋律仅为一点简易的提示，精巧的乐曲最后由艺术家来演绎发挥。

国家，乐迷只要听到歌就满足了；在欧洲，他们是去聆听歌者。

这便是我那天在布莱顿看到的景象。对我来说，它和一场马戏一样精彩。然而，虽则我很欣赏这场表演，却无法接受那首歌。听到一些模仿鸟鸣的装饰音时，我禁不住笑出声来。我一直感觉，这是对人类声音的滥用。换成男声演唱后，我的心情才得到很大舒缓。我特别喜欢男高音的演唱，这种声音包含了更多人类的真情实感，不那么像一个孤魂野鬼在空洞地泣诉。

从那以后，随着我听到和学到的欧洲音乐越来越多，我开始领略它的精神。但是直到现在，我都确信，我们的音乐和他们的音乐住在完全不同的两个房间，无法通过一扇相同的门进入它们内心。

欧洲音乐似乎总和物质生活纠缠不休，因此歌曲文本的多样性就和生活本身一样丰富。如果我们试着将本国的曲调应用在同样丰富的地方，它们就会失去意义，变得滑稽可笑。因为我们的音乐越过了日常生活的界限，唯其如此，它们方能普度我们去到“悲悯”之深、“超然”之远的地方。音乐的功能在于显示一幅图景，展现我们内心深处难以言说的神秘与不可知。在那幅图景里，信徒能找到他的净修林，甚至享乐主义者也能寻到栖息的庐庵，然而人世间那些形色匆匆的人们却没有安身之所。

我不敢宣称自己已经接近了欧洲音乐的灵魂。但是对它的外在形式的一点了解，便令我在某种程度上十分着迷。在我眼里，它显得十分罗曼蒂克。我用这个词想表达的意思，实在很难去分析。我想要说明的，是它丰富多样的一面，如同人生海洋里的浪涛，在无休止的起伏中，展现永恒变换的光与影。它还有另一面——纯粹的延展，如同天空那静谧的蔚蓝，如同远方地平线所暗示的广袤无边。无论如何，让我冒着不能清楚表达的危险重申，我被欧洲音乐感动时，会对自己说：它是罗曼蒂克的，它将生命的瞬息翻译成了旋律。

并不是说在我们的某些音乐里，缺乏同样的尝试，但是和欧洲音乐相比，它不那么显著，也没那么成功。我们的音乐歌唱繁星闪烁的夜晚，歌唱曙光初现的黎明。它们诉说着黑云下的漫天哀愁，诉说着春日漫步林中的无言沉醉。

《晚歌集》

如我一直所说，在自我封闭的状态下，我写了不少诗，后来以《心的荒野》为名结集，收录在莫希塔先生编选的我的作品集里。其后发表在《晨歌集》中的一首诗里，有下面几行诗句：

有一片广阔的荒野名字叫做“心”；
林木扶疏，像对待婴儿一般逗弄摇动着黑暗。

我迷失于它的深处。

这便是我那诗集名字的由来。

一段时间里，我的生活和外界失去了往来；我沉湎于自己心灵的冥想；我的想象伪装于种种偶然的情感和漫无目的的希望之中。那时所写的许多诗，都没有收进这集子里；原本发表在《晚歌集》中的诗作，《心的荒野》只收录了很少的几首。

我哥哥乔迪任德拉和他的妻子离家踏上一段长途旅行，三楼他们正对屋顶平台的那几间屋子，就空了出来。我将它们连同平台都据为己有，在孤寂中度日。如此一来，我只能与自己交流，也不知道是如何从我陷入的诗的沟壑中溜脱出来的。也许是因为我一直试图使自己的思想能够符合别人对于诗歌的品味，如今离开了我想取悦的那些人，便很自然地从他们强加于我的风格中解放了出来。

我开始在一块石板上写作，这同样有助于我的解放。从前我纵情涂写的那个练习簿，似乎对诗歌的水平要求相当高，而要达到这样的高度，我得通过对比他人的诗歌找到一条属于自己的路。而石板显然更适合那时我的心境。它似乎在说："不要怕，想怎么写就怎么写，轻轻一擦就能统统抹去！"

我在这样无所顾忌地写了一两首之后，心中流溢出万分的欣喜。我的心仿佛在说："终于，我写出了属于我自己的诗!”千万不要误认为我为此感到骄傲。对于之前的作品我倒更自豪一些，我将一切溢美之词都赋予它们，但我拒绝把它们称作是自我的实现和自我的满足。父母在长子身上感到的喜悦，并不是因他令人骄傲的外表，而是因为他是他们亲生的孩子。假如这个孩子碰巧出类拔萃，他们或许也会感到荣耀——但这是两码事。

在这第一波喜悦的高潮中，我毫不留心韵律形式的束缚。就像溪流走的不是直线，而是随心所欲地蜿蜒向前，我的诗歌就是如此。以前，我会将它视作一种罪过，但如今我却丝毫不感到愧疚。自由是将规则打破后再制定新的，如此方能获得真正的自治。

我那些任意妄为的诗歌，唯一的听众便是阿克塞先生。第一次听到这些诗歌的时候，他是又惊又喜，而有了他的认可，我通往自由的道路也就更加宽广了。

维哈里·查克拉瓦蒂的诗歌，用的是三节拍的韵律。这种三节拍产生出一种完满回环的效果，不像两节拍那样棱角分明。它轻松自如地舞动流转，在环佩叮当中滑移前进。曾经我十分喜爱这种韵律。它给人的感觉更像骑车，而不是步行，我已经习惯了这样的跨步前行。不曾想到在《晚歌集》里，我不知怎的就打破了旧习，也没有再受到任何其他的束缚。我感到了彻底的自由，心无挂碍。我没想到，也不惧怕会受到指责。

从传统的束缚中解放出来，我通过写诗获得的这种力量，让我发现，我一直在不可能的地方找寻我内心原本拥有的东西。仅仅是自信的缺乏，才阻挠了我的回归自我之路。我感到自己就像是从桎梏重重的梦中醒来，发现枷锁已经打开。我惊人地一跃而起，只是为了确定自己的行动是自由的。

对我来说，这是我诗歌生涯中最为难忘的一段时期。仅就诗歌而言，我的《晚歌集》或许没有多大价值，事实上，它们也是够粗糙的了。不论是韵律，语言还是思想，都没有凝固成形。它们唯一的价值就是，头一次我能够跟随自己的意愿，写出真正属于我的东西。即便这些创作毫无价值，其中的乐趣也一定是我的宝藏。

一篇论音乐的文章

在我准备学法律的时候，父亲把我从英格兰叫回来了。一些好友担心我事业中断，催他再把我送出去。这促使我开始了再度赴英留学的旅程，这一次有一位亲戚陪同。但我的命运强烈地抵斥了法律的召唤，以至于我这一次连英格兰都没到，因为某种原因，我们只得从马德拉斯离岸折返回加尔各答。个中缘由比起结果已不再重要，因为这笑话并非是针对我的。在此就不多提及。我向拉克希米[①]的神殿进发的两次

① 财富之神。

努力就这样都以被拦回而告终。但我希望法律之神至少会用赞许的目光来看我，毕竟我没有在律师图书馆的证件堆上添加什么累赘。

父亲那时正在穆索里山上，我忐忑不安地去见他。但他看起来并不愠怒，反倒是似乎挺高兴。他一定把我的归来视为上天的保佑。

在我此次出行的头一天晚上，我应白求恩社之邀，在医学院会堂读了一篇论文。这是我第一次公开诵读。克·姆·巴纳基牧师担任主席。诵读的主题是音乐。抛开器乐不谈，我试图阐明声乐主要的最终目的，是把词句意欲表现的东西更好地呈现出来。我的论文很简短。整个过程中我且唱且演以阐述我的主题。我觉得闭会之前主席对我的夸赞，只会是因为我那年轻的声音所产生动人效果，以及我的各种努力诚恳。但是今天我必须承认，那天晚上我以那样的热情高声宣讲观点的行为是错误的。

声乐艺术有它自己独特的功能和特色。当它被置于词句之中的时候，词句作为曲调的媒介，不能越权代替曲调。乐曲本身饱含巨大财富，它何必屈从于词句呢？倒是词穷之时，乐曲方兴。其力量蕴藏于不可言说之处；它对我们道出词句所不能表述的东西。

因此乐曲上负担的词句越少越好。在印度斯坦的古典体裁里，字句毫不重要而曲调以独有的方式打动人心。当曲调的形式自由发展的时候，声乐达到了完美的境界，让我们的意识升华到美妙的程度。但是在孟加拉，字句总是那么突出自身，导致我们本地的乐歌没能发展她充分的音乐才能，甘为她姐姐——诗的艺术的侍女。从旧毗湿奴派歌谣到尼都先生的诗，它都是站在背景的位置上来展现它的魅力。但如同在我们国内，妻子以表现自己的依赖来支配她的丈夫，我们的音乐也是如此，虽然专职于次席，最后却统治了歌曲。

当我为自己的歌谱上曲子的时候常常有这种感觉，我对自己哼唱着写下几行：

你能对你自己保密吗，我的爱？

请柔声对我细语，只对我细语。

我发现词句自身无法企及那只有曲调才能带它们去的所在。乐曲把我急欲知道的秘密告诉了我，这秘密是和林中空地的绿色神秘混合着的，是在月夜的寂静皎白中沉思着的，是于地平线外无限蔚蓝的面纱后面隐现着的——是一个属于大地、天空和水的亲昵的秘密。

在我很小的时候，我曾听到过一段歌曲：

亲爱的，身在异乡，谁为你着衣？

这一行诗在我脑海中绘出的美丽图景，至今仍然在我的心间缠绕。有一天我坐下给我自创的曲调填词时，我耳边又响起这个乐曲，哼唱着我的调子我写下了歌词：

你的居处，在海的那一边。

若不是因为有那段曲调的话，我不知道接下来的诗句会写成什么样；但是那曲调的魅力，展现在我眼前的是那异乡人的神采风韵。我的灵魂告诉我，她是一位从神秘海洋彼岸到这个世界往来不断的信使。在露水侵润的秋天早晨，在芬芳扑鼻的春日夜晚，在我们心的最深处，我们时时能一眼觅得她的芳踪——有时我们抬头面向天空，听她放歌。正如我说的，乐曲引我们漂至这位自那很久之后，在博尔普尔的一条街上，一个托钵僧边走边唱道：

这只陌生的鸟儿何以飞进又飞出这笼子！

啊，若我能捉住它，我要用我的爱来拴住它的脚！

魅惑世界的异乡人的门前，以下的文字献给她。

我发现这个僧人所说的正是同样的东西。这只陌生的鸟，在笼栅之内，有时憧憬着无拘束的、未知远方传来的喁喁低语。内心情愿将其紧紧抱住，却力不能逮。除了乐曲之外，谁还能告诉我们这只陌生的鸟的来来往往呢?

这就是为何我总是不愿发表我的歌词的缘故，因为那里面的灵魂一定是缺失的。

河　畔

第二次英格兰之行后，我回到家中。我的哥哥乔迪任德拉和嫂嫂当时住在金德纳格尔一处河边别墅里，我到了那里，和他们住在一起。

又见恒河！那些难以言说的日日夜夜，充满悠闲的快乐、憧憬的哀愁，伴随着河畔树林的清凉倒影，化作河水潺潺流去。这孟加拉灿烂的阳光，南风的吹拂，河水的流动，这样正当而高贵的闲散，从地平线的这一头到另一头，从绿色大地到蔚蓝天空的无边的闲暇，于我仿佛饥渴的旅人见到了食物与水源。这里的感觉就像真正的家，我能感受到母亲般的爱抚。

河畔的一切，于今都大不相同，时光凿刻出了许多变化。我们那安卧于绿荫环抱之中的河畔小巢，如今已被许多工厂所取代。它们像恶龙般，竖起嘶嘶作响的头颅，喷吐黑烟。现代生活中，就连在正午的炎热中，我们精神上的午憩时刻，都被缩短到最低限度，多重不宁侵扰着生活的方方面面。或许，这是为了使生活更美好，但我却无法只看到它的美好。

我在河畔的那段美好时光，如一朵朵献祭的莲花随圣水流走。有些下雨的午后，我变得十足狂热，用自编的曲调哼唱古毗湿奴派的诗歌，并且用风琴给自己伴奏。还有些午后，我们会随轻舟漂流，我的哥哥乔迪任德拉用他的小提琴，为我的歌声伴奏。开始时我们唱普拉维调，随着天色渐晚，我们变换着音乐的形式。唱到贝阿迦调时，我们看见西方的天边，制造金色饰物的工厂关上了大门，而东边的月亮升上了树梢。

接着我们将船划到岸边通往别墅的阶梯旁，然后铺开一片褥子，就坐在面河的平台上。那时一片银色的静谧栖息在水面和岸边，几乎没有船只往来，河岸上的树林只剩一个深深的暗影，月光在平滑的流水上闪烁着微光。

我们住的别墅叫做“莫兰花园”。水边的几级石阶通向一条长而宽阔的走廊，成为房子的一部分。房间的规划并不齐整，显得错落参差，有些房间前面有几级台阶。那间俯瞰着岸边石阶的大客厅，镶着绘有彩图的玻璃窗。

有一幅图，上面画着一个秋千，从一根稠密绿叶半掩的树枝上垂下，在树荫下变幻的光影中，两个人在荡秋千。还有一幅，画的是通向城堡式宫殿的几级阶梯，身着节日盛装的男男女女们往来交错。有光洒在窗户上时，这些图画显露美妙的色彩，似乎让河畔的气氛里充满了节日的音符。那些早被遗忘的久远的欢宴，似乎在光影的无声之语中重被诉说。秋千下，那对情人间爱的喜悦，使得河畔的树林，与他们永恒的故事一起，变得生动起来。

这幢房子的顶楼层房间，是在一个四面开窗的圆形塔楼里。这里是我作诗的地方。从那儿什么也看不到，除了周围的树顶，除了广阔的天空。我当时正忙于《晚歌集》的写作，在这间屋子里，我写道：

那里，云儿安眠于无际深空之怀中，

我为你筑起小屋，哦，诗歌！

《晨歌集》

在河畔我也写过一些散文，没有任何固定的主题或者计划，只是在一份稚子扑蝶的心境下写作。当内心的春天来临，缤纷的幻想破茧而出，在心中上下翻飞，然而它又转瞬即逝，常常为我们所忽视。在那段安逸的日子里，我或许是一时兴起，想要将偶然闪现的灵感收聚起来。又或许它是我被释放的另一面自我，决定敞开胸怀随心所欲的写作；写什么并不是我的目的，是我在写就让人心满意足了。这些散文碎屑之后以《杂题》为名结集出版，但是和初版一同夭折，也没有再获得过第二次生命。

这时，我记得我也开始创作我的第一部小说，叫做《年轻女王的市场》。

我们在河畔住了些日子以后，乔迪任德拉哥哥住进加尔各答的一所房子里，就在靠近博物馆的苏达街。我仍然和他住在一起。当我在这房子里继续写那部小说和《晚歌集》的时候，某个重大的革命开始在我心里酝酿。

一天傍晚，我在我们乔拉桑科的房屋阳台上踱步。日落的炫彩和薄暮的黯淡交融在一起，使即将来临的夜晚于我有一种特殊的奇妙魔力，甚至连毗连的墙壁都显得愈发的美丽。我想，是不是晚霞里有什么魔法掀开了日常世界的平凡的盖头？从来不是！

我立刻能够看出这是夜晚影响到了我的内心，它投下的暗影湮没了我的本我。当本我在白日的光照下藤生蔓长，我的一切知觉都被它缠绕住，隐藏起来。如今这本我被置于背景之中，我就能看到世界真实的一面。这一面是不平凡的，充溢着美好和快乐。

有了这次的经验，我开始尝试有意地压制本我，仅以旁观者的身份去打量这个世界，而每一次的尝试都能收获一份特别的快乐。记得我也曾试图向一个亲戚解释怎样去看世界的真相，以及我们感官的负担怎样地随之减轻；然而，我相信并没有成功。

之后我又得到了更加深刻的顿悟，它影响了我的一生。

从我们苏达街的房子里，能看到街的尽头和街对面免费学校校园里的树。一天早晨，我偶然间站在廊上向那边望去。

太阳正从枝叶繁茂的树顶升起。我继续凝视，忽然间我的双眼似乎脱落了一层帘幕，我发现整个世界沐浴在奇妙的光辉之中，四周泛溢着美好和快乐的浪潮。这光辉立刻穿透了层层叠叠积压在我心头的悲伤与愁闷，宇宙之光盈满我的心灵。

就在同一天写就的那首《瀑布的觉醒》，像名副其实的瀑布般汹涌奔流。诗虽然写完了，但是帘幕并没有落在宇宙的欢欣的那一面上。从那以后，对我来说，世上没有一个人是浅薄的，没有一件事是无趣的。第二天或是第三天的时候发生的一件事，显得尤为让人震惊。

有一个古怪的家伙时常来拜访我，习惯于提出各式各样的愚蠢问题。一天，他这么问道："先生，你亲眼见到过上帝吗？"我不得不承认没有，他却坚称他看见过。我问他："你看见什么了？"他回答道："他在我眼前发怒地颤动着！"

很容易想象，我们通常是不愿意和这样的人一起卷入深奥的讨论的。况且我那时正专注于我的创作。但是因为他并无恶意，我不愿伤害他敏感的心，只好尽量去容忍他。

而这一次，当他在一个午后到来的时候，我由衷地感到高兴，并诚挚地欢迎他。他那古怪愚蠢的罩衣似乎滑落了下来，我欢喜招呼的那个人是一个真正的人，我觉得他丝毫不逊于我，而且我们是息息相关的。看到他，我心中没有一丝厌烦，也不感到光阴被他浪费，我心中充盈着巨大的快乐，感觉像揭掉了一层虚假的封皮，它曾使我遭受不必要和无来由的不适与痛苦。

当我站在阳台上的时候，每一个路人，不管他们是谁，他的步态、身材和容貌于我都显得格外美妙——宇宙之海的波涛，流过我的面前。从小我就只用眼睛去看，如今我开始用一切的知觉去看。两个欢快的青年，一个的手臂搂住另一个的肩膀，平静无忧地走在路上，我不能将这一景象视作一件微不足道的小事，因为通过它，我看到了永恒的快乐之泉如此深不见底，无数欢笑的水花从那儿跳溅到宇宙中去。

我以前从未留意到，四肢和容貌总是伴随着人最细微的动作而变动，如今随时随地我都可以入迷地欣赏到它们的变化多端。但是我不把它们视作单独的个体，而是把它们看作人类世界里，每个人的家中，在人们五颜六色的希望和活动之中，同时进行着的、让人窒息的美丽而更伟大的舞蹈的一部分。

朋友与朋友一道欢笑，母亲爱抚她的孩子，一只牛挨挤着另一只牛，舔舐它的身体，这些情景背后的无边无际，以一种几乎带有疼痛感的震动，径直闯入我的内心。

在这一时期我写过：

我不知道，我的心如何突然间敞开大门，

让世上的人群匆忙闯入，彼此问好——

这不是诗意的夸张。恰恰相反，我还没有能力表达出我所感受到的一切。

我在这种欣然忘我的境界里度过了好些日子。之后哥哥打算到大吉岭去。我想，这下更好了。在广阔的喜马拉雅山巅，我能够将苏达街的启示看得更加深入；无论如何我都要看看，喜马拉雅山将怎样向我的新视象天赋展现出自己。

然而胜利属于苏达街的小房子。上山以后，当我环顾四周，立刻感到自己已然丢失了我的新视象。我的罪过一定在于想象自己能从外面获得更多的真理。无论这群山之王是怎样地高耸入云，它都没有可以赠予我的礼物；而那位赠予者，能够在最昏暗的小巷里，一瞬之间，赐予我永恒宇宙的视象。

我漫步在冷杉林里，我坐在瀑布边上，我在这水里沐浴，我穿过无云的天空凝视干城章嘉峰的壮美，但我本以为在这里能够看到的东西，竟没有看到。我渐渐了解了它，但是却再也看不到它。我正在欣赏珍宝的时候，箱盖儿忽然间合上了，我只能干瞪着这个紧闭的珠宝箱。但是，为着这手艺的精巧，我不会再有仅仅把它当作一个空箱子的危险。

我的《晨歌集》写到终结，它们最后的回声与我在大吉岭写下的《回声》一同消失。这首诗显然深奥难懂，为此还有两个朋友为它的真实涵义下了赌注。唯一欣慰的是，当他们来我这儿寻求答案的时候，我也同样无法解释那个谜团，因此没有人在这上面输钱。唉！我写作《莲花》和《湖》那般极其朴实的诗歌的日子，一去不复返。

但一个人写诗难道是为了解释任何事情吗？心中涌动的灵感，想寻求一种诗的外在形式。因此在听到一首诗以后，任何人说他没有听懂，我都感到很困惑。如果有人嗅了一朵花说他不懂，我们回答他：这里没有可懂的东西，仅仅是一阵芬芳。如果他固执己见，说：这个我知道，但它的意义究竟在哪里？那时候我们要么只能转移话题，或者向他解释得更玄妙一些，说这芳香就是宇宙的欢乐在花中显现出的形状。

文字都有意义，这是困难所在。这便是为什么诗人不得不将它们在韵律和诗节中反转扭曲，使得意义可以稍稍得到抑制，而容许情感得到机会表达自己。

情感的表达不是基本原理的声明，也不是有科学依据的事实，更不是实用的道德格言。如同一滴泪水或是一个笑容，它只是显示我们内心状态的一幅图景。如果科学和哲学可以从中获得什么，那就欢迎它们，但这并非诗歌存在的原因。如果在乘船渡河的时候你捕获了一条鱼，只能说明你很幸运，并不会将渡船变成渔舟，你更不能责怪艄公不以捕鱼为业。

《回声》写于很久以前，因此逃过了人们的关注，如今也没有人再要求我汇报它的意义了。然而，不论它有什么别的优点或是不足，我都能向读者担保，我的意图并不是要出个谜语，或者隐约地传达任何渊博的教导。事实是，我的心中生出了一阵渴望，无法找到任何别的名字，就把我所渴望的东西叫做了

“回声”。

从宇宙深处的源泉，旋律的溪流向外奔涌，它们的回声从我们所爱的人的脸上，从我们周遭的其他美丽事物上，投射到我们的心里。我认为，我们钟爱的正是这回声，而不是那些偶然的反射物本身；因为今天我们还不屑一顾的东西，或许明天我们就愿意为之献身。

长久以来，我只从外界的表象来观照世界，因此看不到它那普遍的愉悦一面。忽然间，从我的生命存在最隐秘的深处，一道光找到了出口，穿透出来，替我照亮了整个宇宙。那时的宇宙看起来不再像事物和事件的堆积，而是呈现在我的眼前的一个整体。这经验似乎在告诉我，旋律的溪流从宇宙的心中涌出，溢满整个时空，对于回声的呼应如欣悦的浪涛一般倒流入它的源泉。

艺术家从丰富的心中送出自己的歌声，实在是一种快乐。而听到同样的歌声又飘送回他的耳里，便是双倍的快乐。当大诗人的作品正这般在喜悦的潮水中流返他那里时，若我们让它流经我们的意识，就能立刻以不可言传的方式觉察到这潮水流向的终点。在我们觉察的时候，我们的爱便往前流动；而我们的本我也从港湾里起航，欣然地沿着快乐的溪流漂下，前往它的无限的目标那里去。这就是我们见到“美”的时候，内心所激起的渴望的意义。

从无限向有限流动的小溪——那便是“真”和“善”；它

依从规则，形式固定。它那回归无限的回声则是“美”与“乐”；这回声难以捕捉，因而让我们极度兴奋。这就是我在《回声》中尝试用寓言或诗歌所表达的东西。结果是徒劳无功的，对此我并不感到诧异，因为那时的尝试自身就不明朗。

让我在这里记下一段话，摘自年纪稍长时所写的关于《晨歌集》的信。

“世上本无一物，一切皆在我心。”——这是特定年龄才有的一种精神状态。当心灵刚刚开始觉醒，它伸开双臂想抓牢整个世界，像一个出牙期的婴儿认为一切都是为了它的嘴而存在。渐渐地他才了解什么东西是他真正渴望的，什么东西不是。那时候，笼罩它的星云就收缩了起来，得到了热力，反过来也发出热力。

一开始就妄想整个世界，只会一无所得。不论对象是什么，只有当欲望集中起来，一个人将所有力量投注在一件事上，那时方才得见无限之门。《晨歌集》是我内在的本我第一次迸发，自然是没有任何这类集中的表征的。

然而这初次溢出的弥漫一切的喜悦，却能够引导我们去了解特殊。湖水满盈的时候会寻求江河作为出口。在这个意义上，后来的永恒之爱，比第一次的爱要更狭窄。它行动的方向更加明确，希望从它的每个部分里实现整体，如此被驱策着流向无限。它最终到达的再也不是从前的、心灵本身的内在快乐的模糊延展，而是在自身以外的无限真实中的融合，因此获得了自身渴望的完全的真理。

在莫希塔先生的版本里，《晨歌集》是放在题为《萌发》的组诗里发表的。因为在那里面可以找到我从《心的荒野》走到开阔世界的最初消息。从那以后，这颗漫游的心，一点一点，一步一步，在种种心境下，以不同的方式和世界相识。最终，流过众多变幻无常的渡口台阶，它将要抵达无限——不是不明确的可能的含糊，而是真理的完满的达成。

在我很小的时候，我就喜爱和“自然”进行单纯而亲密的交往。我们花园里的每一棵椰子树，在我看来都个性分明。当我走在师范学校回家的路上，我看见我们屋顶平台的天际线后边，蓝灰色的雨云浓密地堆积起来，刹那之间，无边深广的喜悦充盈了我的心间，直至今日我都能真切地感受到。每天清晨睁开双眼，无忧无虑的清醒的世界如同一个玩伴，常来找我一同玩耍；充满激情的正午的天空，在午憩时间漫长寂静的看守下，常常怂恿我从工作的世界里逃离，进入它静修的小屋的幽深之中；夜晚的黑暗常常把通往幻影道路的大门打开，带我渡过七海十三江，经历一切的可能与不可能，一直走入它的洞天仙境。

然后有一天，随着青春的来临，我饥渴的心灵开始迫切地需要食粮，这时一道栅栏横亘在了这游戏的里外之间。我的整个存在都在我不安的心的周围，不住地旋转，在体内形成一个漩涡，我的意识就囚困在这漩流里。

内外的失调，源自饥饿的心灵提出的过度要求，和随之而来的我固有的与自然交往的特权遭到剥夺。我在《晚歌集》中哀悼过这逝去的和谐交融。在《晨歌集》里，我为栅栏上突然开启的一扇门而庆祝，不知是受了什么震动，通过这扇门我又找回了曾经失去的东西，并且因为被强行分隔开，如今我对它的认识不再局限于当初，而是显得更深刻、更完整了。

我生命中的“第一本书”，就这样终结于相交、分离和重聚的这些章节。或者毋宁说，它的终结是不实的，同样的主题仍要继续下去，在煞费苦心地解决更大的麻烦中得到更好的结论。每个人来到这世上都不过是要完成一本生命之书，这本书在它各部分的进程中，以不断加长的半径螺旋上升。因此，乍看之下所有部分似乎都各各不同，其实它们是不断地转回到最初的中心。

我曾说过，与《晚歌集》同时写作的散文，以《杂题》为名出版了。而创作《晨歌集》时写作的散文，则以《议论》为名出版。这两本散文风格的区别，可以作为不错的索引，以了解我那时心中发生的改变的性质。

卡尔瓦尔

我们在苏达街的聚会，之后就迁到了西海岸的卡尔瓦尔。卡尔瓦尔是卡纳拉区的首府，在孟买管辖区的南部。它是梵语文学中的马来亚山地带，产小豆蔻藤和檀香树。彼时我的二哥正在那里担任法官。

这山峦环抱的小海港，隐蔽得简直不像一个港口。新月形的海岸，向浩瀚无垠的大海张开双臂，有如一个渴望者的形象，竭力想拥抱这无限。辽阔的沙滩边缘，有一线木麻黄树林延伸至卡拉纳迪河畔，这条河一路流经两岸连山的峡谷，在这里汇入大海。

我记得，在一个月色撩人的夜晚，我们乘一叶扁舟溯流而上。小船停在希瓦吉的一处古山堡下，我们登上岸循路而行，来到一个打扫得干净的农家小院里。月光掠过外面的围墙顶洒落下来，我们坐着吃光了随身带来的食物。回来的路上，我们让小舟顺流漂下。夜色笼罩着静谧的山林，卡拉纳迪小河无言的流水里，洒满了迷人的月光。我们花了很长时间才抵达河口，因此我们没有再走海路返回，而是弃舟步行，沿着沙岸走回家。那时，夜已深了，海面平静的没有一丝波纹，甚至连木麻黄那忧思不断的沙沙声也平息了。广袤的沙滩上有一线树影，静静地垂挂在边沿，天边那一圈蓝灰色的山峦，在天空的怀抱里恬静地入梦。

穿过这无垠的白色岑寂，我们几个人和自己的影子并行，一语不发。终于回到家里，我的睡眠却迷失于更深处。那时写的一首诗，离不开遥远海岸的那个夜晚。若是除去附着其上的记忆，我不知道它还能否吸引读者。这种怀疑，使得我没有将它收录在莫希塔先生出版的我的作品集里。我相信，它若在我的回忆录里占据一席之地，应该是十分适宜的。

让我下坠，迷失于午夜的深渊。
让大地将我放开，让我不再受她尘土的障碍。
远远地守护着我，哦星辰，尽管你们迷醉于月光，
让地平线静静地环绕着我，张开翅膀。
让世界不再有歌唱，言语，声音，触摸；
不再有睡眠，不再有清醒——
只有出神的月光，照着天空，照着我。
世界于我，像一艘满载无数朝圣者的大船，
消失在天际一抹迢远的蓝。
空中水手的歌声，越来越微弱，
我沉浸在无尽的夜的怀中，
渐渐消逝，成为一个小点。

有必要在这里声明，感情充沛时写出的作品，不一定就很好。毋宁说那是一段时间里丰沛情感的吐露。作家的表达不可能完全摆脱情感，但若太靠近自己的情感，也不可能产生最真纯的诗。回忆是一支画笔，能涂抹出最真的诗歌色彩。距离太近，情感会压迫我们的想象，而想象若不能摆脱这一影响，就无法获得充分的自由。不仅是诗歌，一切艺术皆是

如此，艺术家的心灵应当保持一定程度的游离——人心中的造物主必须独掌大权。如果主旨在创作中占了上风，那么这作品就仅仅是事件的复制品，而非艺术家的心灵对它的反映。

《本性的报复》

在卡尔瓦尔，我写了一部诗剧，叫做《本性的报复》。主角是一个托钵僧（修道士），他斩断了一切情和欲的镣铐，力求战胜人的本性，从而真正地、彻底地回归本我。然而正当他沉浸在与无限的交往中时，一个小女孩却将他召回尘世，再次用情感的枷锁束缚他。回来以后，他认识到，在渺小里可以发现伟大，有形里包蕴着无限，而灵魂的永恒自由离不开爱。只有在爱之光里，一切界限才消融于无形。

卡尔瓦尔的海滩无疑是个适宜的场所，能使我们认识到自然之美并非海市蜃楼的想象，而是无限的反映，因而引得人们欣然忘我。宇宙展现在规律的魔法下，无怪乎我们会忽略它的无穷无尽；但人心于最卑微的事物的美中与无限亲密接触，这一点难道还有争论的余地？

人的本性带领僧人走过心灵的小径，来到坐在有限的宝座之上的“无限”面前。在《本性的报复》里，一方是甘于平凡、愚昧无知的村夫和旅人；另一方是托钵僧，他急于抛弃一切，抛弃自身，以进入想象中的不断进化的无限中去。当爱在两者之间架起桥梁，这遁世者与凡夫俗子相遇，看似平庸的有限和看似虚无的无限便一同消失了。

这故事其实是我的亲身经验，放入了稍微不同的外壳里而已。那时我遁世隐居在一个幽深的洞穴之中，一道迷人的光线撞入这深穴，使我又一次更加彻底地与本性融为一体。这《本性的报复》可以视作是我未来整个文学创作的引言；或者更确切地说，是我一切作品丢不掉的母题——从有限之中获得无限的欢愉。

从卡尔瓦尔返回的途中，我在船上为《本性的报复》写了几首诗。我坐在甲板上边吟诵边写着第一首诗的时候，心情极为愉悦：

> 母亲，将你的爱子留给我们，
> 让我们带他去牧场，那里我们放牧着牛群[①]。

太阳已经升起，花蕾也已绽放，牧童们将要前往牧场；他们没有阳光，也没有鲜花，他们在牧场的嬉戏也徒劳空虚。在这一切之中，他们只想要黑天和他们同在。他们想要看见这无限之神精心装扮的漂亮模样；他们一大早就出门，是为

---

① 英译者注：这是黑天的玩伴写给黑天之母雅首达的。每日清晨雅首达都要打扮她的爱子，给他穿上黄袍，在他的头发里插上孔雀翎毛。但临要出门，她总是担忧，他还这么小，怎能和牧牛童们一起去牧场。因此牧童们每日都要费上大量口舌，才能从这位母亲那里带走黑天。这是毗湿奴派寓言的一部分，表现黑天想与世界一同玩耍的童稚一面。

了要在森林、牧场、山峦、河谷之中，和他一起快乐地玩耍——不是远远地仰慕他，也不用惧怕他权力的威严。他们轻装上阵，一件朴素的黄衫，一顶野花扎成的花环，就是他们所需的全部装饰。因为，在快乐盛行的地方，费力地去寻找，或是通过浮华和排场去追寻，反而会失去快乐。

从卡尔瓦尔回来不久，我便结婚了。那时，我二十二。

丧亲之痛

此时，死神开始光顾我们家。在这之前，我还从未与死神面对面过。母亲去世的时候，我尚年幼。她病了很长时间，以至于我们都不知道她的病情是何时急转直下的。她过去一直和我们同住一间房，单独睡一张床。后来在她生病期间，我们带她去河里乘船旅行过一次，回来后，内室三楼的一间屋子就单独归她用了。

她离世的那天晚上，我们在楼下的屋子里睡得正酣。不知是什么时辰，我们年迈的保姆哭喊着跑进来："哦，我的小家伙们，你们失去了一切！"我的嫂子为了使我们免受深夜突如其来的死亡打击，赶紧制止她，把她带走了。她的话让我清醒了一半，感到我的心和自己一起下沉，但仍不明白发生了什么。早晨，当我们得悉母亲去世的消息时，我并不明白那对于我意味着什么。

我们走到外面的走廊上时，看见我的母亲躺在天井里的一张床上。从她的神情里丝毫看不出死亡的可怖。死神在那天的晨光中，以宁静平和的熟睡之态出现。对于生死之间的鸿沟，我们还懵懵懂懂。

直到她的遗体从正门被抬出去，我们随着送葬的队伍前往火葬场，想到母亲再也不会从这道门回来，再也不会像往常那样处理家务，悲伤才如风暴般袭卷向我。白天就这样消逝了，我们从葬礼上回来，走进我们的小巷里时，我抬起头来望向三楼父亲的房间。他依然坐在前廊一动不动地祷告。

五嫂负责照顾我们这些没有了母亲的小孩。她亲自照料我们的衣食以及其他一切日常需要，时常亲近我们，好让我们淡忘丧母的剧痛。活着的人拥有一种力量，能治愈那些不能挽回的，忘记那些无可替代的。而越是人生的初期，这种力量就最强大，因此，任何打击都不会伤筋动骨，没有伤疤会永留心底。就这样，死神投射在我们身上的第一个阴影并没有在我们身后留下黑暗；它只是一个影子，悄悄地离去，正如它悄悄地来。

从那以后，春天来临时，我将一把半开的茉莉花系在布头巾的一角，撒野地四处游逛。那温柔的花骨朵抚摩我的额头时，我仿佛又一次感受到了母亲手指的触摸。于是我清楚地意识到，存于那些可爱的指尖上的柔情，恰如这每天绽放的纯净的茉莉花蕾；而不论我们是否感知得到，广袤的大地一直饱含无限的柔情。

二十四岁那年，我和死神的相识才叫人永生难忘[1]。随着亲人们的一个个离去，它的打击变得愈发深重，我的泪水也越流越多。轻盈的童年时光能从最大的不幸中溜走，但随着年龄的增长，逃避变得不那么容易，仅仅是那一天的打击就足以让我心碎。

我从未想过，生活中完整的悲欢交替里竟会裂开一道缝隙。因而我看不见未来，我所接受的当下的生活就是我的一切。可突然间死神来临，立刻将表面平静的生活撕开一个豁口，我完全不知所措了。四周的树木、泥土、流水和日月星辰，依然如往常那般真实；但那个的的确确存在过的人，那个同我的生活、精神和心灵有着千丝万缕的联系的人，那个对我来说更为真实的人，刹那间便像梦一样消逝了。当我环顾四周的时候，这一切显得是多么令人费解的自相矛盾啊！我如何才能调和这留下的与失去的呢？

光阴荏苒，从裂缝里渗出的可怕的黑暗却仍日日夜夜地吸引着我。我不时返回那里，站在边上向它凝视，想知道在那断裂的地方还留下了什么。人无法让自己相信虚无的存在；“无”是虚假的；而虚假的东西是不存在的。因此我们不懈地努力，想在什么也看不见的地方寻找存在之物。

正如一株身处黑暗的幼小植物，会踮起脚尖向上伸展，

---

① 指作者五嫂伽登帕莉·代维的死。

摸索着通往光明之路，当死神突然间把虚无的黑暗投掷在我灵魂的周围时，我也要尽力伸向确定的光明。当黑暗阻止我们逃离它时，又有哪种悲伤能与之相比呢？

然而在这难以承受的悲伤之中，似乎仍有快乐的火花不时以某种出人意料的方式在我心里闪耀。生命并非坚固永久的存在，这本身就是一个悲讯，但也减轻了我心灵的负担。我们不是终身囚禁在生命的牢固石墙里的犯人，这想法总是不知不觉地在快乐的急流里冒出头来。曾经拥有的，我不得不放开，这失落感让我难过。但当我同时用获得自由的观点来看待这件事，心灵就变得十分平和。

遍及世间的生存压力以生死的平衡来保持平衡，如此才没有将我们压垮。不受控制的生命力的可怕重量，不是我们所必须承受的——那一天，真理像一个突然的神示那样出现在我心里。

人世对我的吸引力逐渐淡漠，与此同时自然美于我有了更深的意义。死神给了我正确的视角，使我得以领略世界的极致之美。以死神为背景看见了宇宙的图景时，我简直心醉神迷。

这个时候，我思想和行动上的怪疾复发了。让我服从当时的风尚习俗，好像它们是什么严肃真实的东西似的，不禁使我发笑。我很难把它们当回事儿，也完全没有那种意识，停下来去考虑旁人会怎么看我。我常上身只披一条粗鄙的床单，光脚趿拉着一双拖鞋，去上流社会的书店附近游荡。不论严寒酷暑晴天雨天，我总是睡在三楼的长廊上。在那里，星星与我可以彼此凝望，再不会错失每一个黎明。

这种状态无关乎任何苦行的想法。它更像是一场节日狂欢，自我发现手执藤条的教师生活有多么虚幻，我便将自己从琐屑无聊的校规中解放出来了。如果，我们在一个美好的早晨醒来，发现地心引力消失了大半，我们难道还要谨慎小心地走在大街上吗？我们就不会变通一下，直接从高楼上跃过去吗？或在遇到纪念物的时候，不再费心地绕行，直接飞跳过去吗？这就是为什么，当世俗生活的重量不再阻碍我的双腿时，我就再也无法固守常规习俗了。

在夜的黑暗里，我独自在露台上四处摸索，像一个盲人想在死神的黑色石门上找到某种装置或记号。当晨曦落在我那张没有遮拦的床上，我睁开双眼，能感觉得到覆盖的阴霾开始散去；雾岚消失后，山川、河流和森林渐次清晰，经露水洗涤的人世生活的图卷在我面前展开，好似万象更新，异常美丽。

雨季和秋季

根据印度历书记载，每个年份都是由一颗特别的行星所支配的。我同样发现，在人生中的各个阶段，分别会有一个特定的季节担负特别的意义。回首童年时光，我印象最深的便是那些下雨的日子。风雨大作，淹没了长廊的地板。通往屋里的那一排房门，都紧闭着。那位年老的女帮厨佩里，正从集市返回，她的篮子里装满了蔬菜，在泥泞里艰难跋涉，被大雨淋个透湿。我无缘无故地在走廊上飞奔，欢天喜地。

还有一幅图景常常让我想起。我在学校里，我们的教室是在一条柱廊里，外部屏障就是一些垫席。密云在下午聚集，如今堆积起来，布满了整片天空。接着，我们看到大雨倾盆而下，夹杂着震耳的雷声，隆隆不绝。某个指甲带有闪电的疯女人，似乎想将天从两边撕裂开来。席墙在狂风的阵阵冲击下颤栗着，仿佛要被刮进来似的。因为阴暗，我们简直无法看书了，先生便许可我们合上书本。然后，任凭暴风雨对我们欢闹吼叫，我们只管晃动着摆荡的腿。我的心径直飞越去了遥远的漫无边际的荒野，那儿有童话里王子的足迹。

我还记得，斯拉万月①的夜深之时。细雨迈着滴滴答答的步子，想要钻进我的梦乡，制造了比酣眠还要安稳的愉悦休憩。醒来的间隙，我会祈祷明早雨还能继续下，雨水聚积在我们的巷子里，漫到池塘沐浴台的最后一级台阶上。

但是在我所提到的年纪里，秋季才能毫无疑问地登上宝座。看那秋日的生活，在阿斯温月②的清澈而明朗的悠闲中伸展。在熔金般的秋日阳光中，屋外青草上的露水，反射出柔

---

① 相当于七月到八月之间，是雨季的顶点。

② 相当于九月到十月之间，这时孟加拉开始放长假。

和的光芒，我在长廊上踱着步，用乔吉亚调写了一首歌：

在这晨光之中，我不知道我心何求。

秋天的白昼流逝缓慢，家里的大钟敲了十二下，正午十二点。应该改变模式了，不过我的脑海里仍萦绕着音乐，没有空闲去考虑工作或者责任，于是我唱着：

你和自己怎样无聊的嬉戏，我的心啊，来度过无休止的光阴？

到了下午，我躺在自己小房间地板的白布上，拿着本图画簿，试图画画。这并非是对美术的缪斯艰苦的追求，而仅仅是想画画消遣一下。最重要的不是用笔画在纸上的，而是留在我心里的那部分。就在这明朗的秋日下午，阳光透过加尔各答这间小屋的墙壁，充满了整个房间，如同斟满金色佳酿的一只酒杯。

不知什么原因，那段时期我所度过的所有时光，仿佛都要透过这秋日的苍穹，秋日的阳光才能看到——秋季催熟我的诗歌，就像催熟农夫的庄稼；秋季用光辉填满我悠闲的谷仓；秋季以冲动的喜悦溢满了我无忧无虑的心，在我写诗作文的时候。

在我看来，儿时的雨季和少时的秋季，两者之间有着巨大的差别。在雨季时，是大自然紧紧地裹着我，用它众多的戏班子，色彩斑斓的妆容和拼凑的音乐不断给予我欢乐。而在灿烂的秋阳下产生的欢乐，是因我自己。云彩和阳光的嬉戏退居背景，而喜悦与忧伤的低语则占据了心房。是我们的凝视，让秋空的蔚蓝染上了惆怅的色彩；是人类的渴望，给微风的叹息带来了心痛的感觉。

我的诗歌如今来到人们的门前。这里，不拘礼节的往来是禁止的。门挨着门，房间套着房间。多少次我们仅仅撇到窗户里的亮光就中途折返，留下宫门里传来的风笛声回荡在我们耳际。心与心真诚相待，意志向意志低头妥协，走过如此多的曲曲折折，最终才达成互相的理解。生命的泉流，冲向这些障碍，在欢笑和泪水中浪花飞溅，舞蹈回旋着奔向一条无人知晓的路途。

新月集

家

我独自走过田间的小路，夕阳如同一个守财奴，藏起它最后一块金子。

白昼越发凝重地沉入黑暗之中，庄稼早已收割，孤独的大地静卧不语。

突然间，一个小男孩的尖细歌声划破天空。他穿过不见五指的黑暗，在夜的静谧里留下一串歌声。

他的村庄里的家坐落在荒地的尽头，在甘蔗田的后面，藏在香蕉树，瘦长的槟榔树，椰子树和深绿的菠萝蜜林的阴影之中。

孤寂的路途中，我在星光下驻足片刻，看见黑沉沉的大地铺展在我的面前，用她的手臂拥抱着无数的家，家里都有着摇篮和床铺，母亲们的心和夜晚的灯，还有青春的生命，满心欢喜，却浑然不知这样的喜悦对于这个世界具有怎样的价值。

孩童之道

只要孩子愿意，他此刻便能飞上天际。

他所以不离开我们，并非没有缘由。

他爱把他的头靠在母亲的胸怀，无论如何也不能忍受看不见她。

孩子知道各式各样的智慧话语，虽然地球上少有人能明白这些话的意思。

他所以总是不愿说话，并非没有缘由。

他唯一愿意做的一件事，就是通过母亲的嘴形学习母亲的话语。这就是因何他看起来总是如此天真。

孩子有一堆金银珠宝，但他来到这个世界，却像一个乞丐。

他所以来时这般伪装，并非没有缘由。

这可爱的裸露的小乞儿，假装完全无助，方能讨要母亲那爱的财富。

孩子不用受任何束缚，在这方小小的新月的国度。

他所以放弃了他的自由，并非没有缘由。

他知道，在母亲心里的小小一隅，有无穷无尽的欢乐，被她疼爱的手臂搂在怀中，远比自由更为甜蜜。

孩子永远不知道如何哭泣。他居住在极乐世界之中。

他所以选择掉泪，并非没有缘由。

虽然他可爱的脸蛋上的笑容，能将母亲牵挂的心引向自己，但他在小麻烦上的微微哭泣，却能编织起怜悯与爱意的双重丝带。

偷睡眠的人

谁从婴儿的眼睛里偷去了睡眠？我必须弄清楚。

把她的大水罐紧抱在腰间，母亲要去附近的村庄取水。

正午时分。孩子们的游戏时间结束，池塘里的鸭子缄默不语。

牧童躺卧在榕树的树荫下。

白鹤庄严地静立在芒果林旁的泥沼里。

就在这时，偷睡眠的人来了，从婴儿的眼中夺取了睡眠，便逃之夭夭。

母亲返家之时，发现婴儿四肢着地，在屋子里爬行。

是谁从我们的婴儿的眼里偷走了睡眠？我必须弄明白。我一定要找到她，把她锁住。

我要探入那黑暗的洞穴，那里，有一条细小的溪流，淌过大圆石和皱眉的石头。

我要搜寻醉花丛林的沉寂的树影，那里，鸽子在自个儿的角落里咕咕叫唤，仙女的脚环在星夜的静谧中丁当作响。

夜晚我将窥伺竹林里的窃窃耳语，那里，萤火虫挥霍着它们的光亮，我遇见一个人，就要向他询问："谁能告诉我偷睡眠的人住在哪里？”

谁从婴儿的眼睛里偷去了睡眠？我必须弄清楚。

要是我能抓住她，一定得给她点厉害瞧瞧！

我会搜查她的巢穴，看看她把偷来的睡眠都藏在了哪儿。

我要全部据为己有，然后运回家中。

我会把她的双翼牢牢绑住，把她放到河岸上，让她在灯心草和睡莲中间，用一根芦苇钓鱼以戏。

黄昏时，集市散去，村庄里的孩子们坐在他们母亲的膝上，那时夜鸟会絮絮不休地在她的耳边嘲弄：

“现在你要去偷谁的睡眠呢？”

初　始

“我从哪里来？你在哪里找到我？”婴儿这样问他的母亲。

她将这婴儿抱紧在胸口，半哭半笑地答道：

“你当初是作为一个心愿，藏在我的心里，我的宝贝。

“你在我童年游戏时造的泥娃娃里；每天早晨我用粘土创造了我的神，那时造出了你又捏碎了你。

“你和我们家庭的神一起被供奉，我信仰他的同时，也就信仰了你。

“在我所有的希望和爱情中，在我的生命里，在我母亲的生命里，你都曾存在着。

“主宰着我们家庭的不死之神，你已在他膝下养育多年。

“少女时代，我的心绽开如朵朵花瓣，你是我心上氤氲的芬芳。

“你的温柔的柔软盛开在我年轻的躯体上，仿佛日出前天边的霞光闪亮。

“上天的第一宠儿，晨光的孪生兄弟，你顺着世界的生命之溪漂流而下，最终搁浅在我的心房。

“我凝望着你的脸庞，感到惊异不已；你本属于世界，最终却属于了我。

“害怕会失去你，因而我把你紧紧搂在胸口。是什么魔力，诱使这世界的珍宝，来到了我纤细的胳膊里？”

天文学家

我只不过说：“当夜晚来临，圆圆的满月缠上了昙花的枝头，难道没人能把它捉住吗？”

但是哥哥嘲笑了我，说道：“孩子，你是我目前所知最傻的一个小孩了。月亮离我们这么远，怎么会有人能捉住它？”

我说：“哥哥，你怎么这么笨！妈妈从她的窗子里探出头来，笑眯眯地看着我们玩耍的时候，你会说她离得很远吗？”

哥哥仍旧说道：“你是个笨小孩！但是，孩子，你从哪里去找一个网，大到能捕获月亮呢？”

我说：“你肯定能用双手捉住它。”

然而哥哥笑了，说道：“你是我认识的最傻的孩子了。如果月亮再近一点，你就能看到它有多大了。”

我说：“哥哥，他们在学校里都教了你些什么乱七八糟的呀！妈妈弯下腰来亲我们的时候，她的脸看起来很大吗？”

可是哥哥还是说：“你是个笨小孩。”

仙 境

如果人们知道了我的国王宫殿，它就会消逝于空气之中。

宫墙是白色的银，而屋顶是闪耀的金。

皇后住的宫苑里有七座庭园，她戴着一串珠宝，耗费了七个王国的财富。

不过，让我悄悄地告诉你，妈妈，我的国王宫殿在哪里。

它就在我们阳台的角落，图尔西花的花盆所在的地方。

公主躺在迢迢的岸边沉睡，远隔七片不可逾越的海洋。

世上没有人能找到她，除了我自己。

她的双臂戴着手镯，两耳坠有珍珠；她的头发扫落到地板上。

当我用我的魔杖触碰她，她就会醒来，她笑时，珍宝从她的唇边掉落。

不过，让我悄悄地告诉你，妈妈。她就在那里，我们阳台的角落上，图尔西花的花盆所在的地方。

当你要到河边洗澡的时候，到屋顶的阳台上来吧。

我就坐在墙壁阴影汇集的角落里。

只有少女才得以与我同行，因为她知道故事里的理发师住在哪里。

不过，让我悄悄地告诉你，妈妈，故事里的理发师住在哪里。

他的住处就在我们阳台的角落上，图尔西花的花盆所在的地方。

流放之地

妈妈，天空里的光线变得灰暗了；我不知道现在是什么时间。

我的游戏没什么意思，于是我来到你身旁。今天是星期六，我们的假期。

放下你的工作，妈妈；坐到窗边这儿来，告诉我童话里的特潘塔沙漠在什么地方？

雨的影子遮天蔽日。

凶恶的闪电正用它的爪子抓挠天空。

当云间隆隆作响，打起雷来的时候，我总爱心里带着恐惧地紧挨着你。

当大雨拍打着竹叶好几个钟头，我们的窗户在疾风中振颤，发出咔嗒咔嗒的声响的时候，我喜欢同你一起坐在屋里，妈妈，听你讲述童话里的特潘塔沙漠。

它在哪儿呢，妈妈，在哪一片海的海岸，在哪一座山的山脚，在哪一个国王的王国里？

没有划分疆域的界标，也没有一条穿过沙漠的小径，好让村民们黄昏时返回村庄，好让在森林里拾取干柴的女人们能将干柴捆缚去市场。沙地上只有小块小块的黄草，只有一棵树，那对年迈的智慧鸟就在上面筑巢，这便是特潘塔沙漠。

我能想象就在这样的阴云密布的一天，国王那年轻的儿子如何独自乘着一匹灰马，穿越这片沙漠，寻找囚禁在一片未知水域那头的巨人宫殿里的公主。

当遥远的天际落下雨雾，闪电如同痉挛般突然发作，他可曾想起他不幸的母亲，为国王所弃，正清扫着牛栏，擦拭着泪眼，当他骑马穿越童话里的特潘塔沙漠之时？

看，妈妈，白天还没结束，天色就差不多黑了，远处的村庄小路上，没有一个旅人。

牧童提早从牧场返家，男人们离开田地，坐在他们的小屋的檐下的草席上，注视着愁眉不展的云层。

妈妈，我把我所有的书本都留在书架上了——现在可不要叫我做功课。

当我长大，大到和我的父亲一样的时候，我会学到所有必须学的东西的。

但是，今天你得告诉我，妈妈，童话里的特潘塔沙漠在什么地方？

花的学校

当雷雨云在天空里隆隆作响，六月的阵雨倾盆而下的时候，

湿润的东风走过荒野，在竹林里吹奏起风笛。

接着，一群群花朵突然间从无人知晓的地方冒出来，在草丛上舞蹈狂欢。

妈妈，我真的觉得花朵们是在地下的学校里上学。

她们关着门做功课，若是想提早出来玩耍，先生就会罚她们站在角落。

雨水来的时候，她们便放假啦。

森林里的树枝相互碰撞，叶片在狂风中沙沙作响，雷雨云拍击他们那巨大的手掌，花孩子们穿着粉的、黄的、白的裙子，冲了出来。

你知道吗，妈妈，她们的家在天上，星星住的地方。

你没看到她们如何渴望到那里去么？你不知道她们为什么如此匆忙么？

我自然能猜到她们把手臂伸向了谁：她们也有她们的妈妈，正如我有我的妈妈一样。

小 大 人

我人小，因为我是一个小孩。我会长大，当我和我爸爸

一般年纪的时候。

我的老师要是走过来说:“时候不早了，把你的画石板和你的书拿来。”

我会告诉他:“你难道不知道我和爸爸一样大了吗? 我再也不要上课了。”

我的先生将惊异不已，说道:“他愿意不读书就可以不读书，因为他是个大人了。”

我将自己穿上衣服，走到人群稠密的集市上。

我的舅舅会向我冲过来，说道:“你会迷路的，我的孩子，让我抱着你。”

我会回答:“你难道没看见，舅舅，我和爸爸一样大了。我要独自一人去集市。”

舅舅会说道:“是的，他愿意上哪去就可以上哪去，因为他是个大人了。”

妈妈从浴室出来时，我正在付钱给我的保姆，因为我得知道如何用我的钥匙打开钱柜。

妈妈会说:“你在做什么呢，淘气的孩子?”

我要告诉她:“妈妈，你难道不知道，我和爸爸一样大了，我得付钱给我的保姆了。”

妈妈会对自己说:“他愿意给谁钱就可以给谁钱，因为他是个大人了。”

十月的假期，爸爸将回到家中，他以为我还是个小孩子，就从城里给我带了小鞋子和小绸袍来。

我会说："爸爸，把它们给我的哥哥吧，因为我和你一样大了。"

爸爸想了想，说道："他愿意自己买衣裳就可以自己买衣裳，因为他是个大人了。"

英　雄

妈妈，想象一下我们在旅行，正穿越一个奇怪而危险的国度。

你坐着轿子，我骑着一匹红马，在你身旁小跑。

黄昏时分，太阳西沉。约拉地希的荒野灰暗地铺陈在我们面前。这片土地荒凉而贫瘠。

你害怕了，想着——"我不知道我们这是到了哪儿。"

我对你说道："妈妈，不要怕。"

草地刺蓬蓬地长着尖细的青草，中间有一条崎岖的羊肠小道。

广袤的田野上不见一头耕牛；它们已经回到了村庄里的牛栏。

天地间变得暗沉和模糊，我们不知道将去往何方。

突然间，你叫住我，悄声问道："河岸附近那是什么光亮？"

就在那时，爆发出一声可怕的喊叫，一群人朝我们跑来。

你蜷着身子坐在轿中，反复呼叫众神的名字，祈求帮助。

轿夫们吓得瑟瑟发抖，躲进了荆棘丛中。

我向你喊道："妈妈，不要怕，我在这儿。"

他们手里拿着长棍，披头散发，越走越近了。

我吼着："小心点！坏蛋们！再上前一步，你们就死定了。"

他们又发出一声可怖的呐喊，冲上前来。

你握紧了我的手，说道："好孩子，看在主的份上，离他们远点。"

我说道："妈妈，你可看好我了。"

接着我策马急驰，我的剑和盾之间相互碰撞。

战斗变得十分激烈，妈妈，如果你能从轿子里看到，会让你一阵冷战的。

他们中，有的人飞了出去，大部分都被砍成了碎片。

我知道你独自坐在轿子里，想着你的孩子这时肯定已经阵亡。

但我浑身溅满了鲜血，来到你身前，说道："妈妈，战斗现在结束了。"

你出来亲吻了我，把我按向你的心口，对自己说道："如果没有我的孩子为我保驾护航，真不知该怎么办才好。"

日复一日，每天都有数以千计无聊的事情在发生，为什么这样一件事情不可能偶然实现呢？

这就像是书里发生的一个故事。

我的哥哥会说："这可能吗？我总觉得他是如此孱弱！"

我们的乡亲都将惊异地说："当时有这孩子和他妈妈在一起，难道不是很幸运么？"

吉檀迦利

礼　拜[1]

忘了诵唱和念珠吧！山门紧闭的寺庙，孤寂黑暗的角落，你在向谁礼拜？睁开你的双眼，你崇敬的神灵不在跟前！

他在那里，在农夫耕耘的那片荒地上，在筑路人敲碎顽石的地方。不论艳阳高照，还是潇潇苦雨，他都与他们同在，衣袍上落满尘土。丢弃你的袈裟，甚或像他一样亲近尘土飞扬的大地！

超脱吗？去哪里寻求超脱？我们的主已经欣然戴上创造的镣铐，与我们永远地绑在了一起。

从冥想中走出吧，丢开鲜花与芬芳！衣衫褴褛又何妨？迎接他，和他并肩在辛勤的劳动里挥汗如雨。

---

① 译注：《吉檀迦利》各篇均无标题，题目为译者所加。

旅 行

我的旅程，时间很长，路途很远。

黎明的第一缕光，照亮我前行，我驱车行遍茫茫宇宙，在许多星球上，留下了辙痕。

最迢远的路途，才能靠你最近，最复杂的练习，才能弹奏最简单的乐曲。

要敲过每一扇陌生的门，旅人才能叩开自己的家门，要在外面的世界四处漫游，才能最终抵达内心深处的神殿。

我的眼睛曾迷失在广阔的辽远，直到我阖上双眼，说道："原来你是在这里！"

"哦，在哪里?"这问话和呼喊消融在千条泪溪里，和"我在！"这诺言的洪流，一同泛滥了这个世界。

夜 晚

如果一天结束了，如果鸟儿不再歌吟，如果风也吹倦了，那就将黑暗的厚重幕帐盖在我身上吧，正如黄昏时分你为大地裹上梦眠的衾被，又为疲惫的莲花轻柔地合上花瓣。

旅途尚未结束，行囊早已空空，衣衫褴褛尘土满身，旅人的力气就要耗尽，为他移除耻辱与困窘，让他的生命像仁慈夜幕下的花朵一样重获新生。

等 候

你站在他们背后，藏身于何处的阴影呢，我的情人？走在尘土弥漫的路上，他们推搡着你，经过你身旁却视你为无物。我在这里等候，疲惫的时候便摆开对你的供奉，然而行人拿走了我的鲜花，一朵接着一朵，我的花篮几乎空了。

早晨过去了，晌午也过去了。暮色中，我睡眼蒙眬。归家的人们笑着朝我看来，使我满怀羞耻。我像女乞儿一样坐着，拉起裙裾盖住脸，当他们问我在讨要什么的时候，我垂目无言。

哦，真的，我怎能告诉他们我在等候着你，而你也许下承诺一定会来。我又怎能不害臊地说贫穷就是我备下的嫁奁。啊，我在内心的隐秘处拥抱这骄傲。

我坐在草地上凝望天空，梦想着你来临时突现的万丈华彩——漫天火树银花，金旗在车辇上飘扬，你从座上走下，把我从尘土里扶起安置在你身旁，他们在道旁看的目瞪口呆，这褴褛的女乞儿，满怀耻辱与骄傲地战栗，如同夏日微风中的藤蔓。

然而时间流逝，仍听不到你车轮的声响。许多喧闹的队伍荣耀万分地经过。只有你，仍要在他们背后的阴影里静立吗？也只有我，等候着，啜泣着，直到在徒劳的期盼中心力交瘁吗？

睡　梦

徒然等待他一夜。我担心清晨他忽然来到我的门前，而我却已经疲惫地入睡。哦，朋友们，为他留着门吧——别阻拦他。

若是他的脚步声没有惊醒我，也不要设法将我唤醒，我如此祈祷。我不愿鸟儿喧嚷的合唱，和晨光庆典上风的狂欢，将我从睡梦中叫醒。让我睡个安然无扰的觉吧，即使我的主突然来到我的门前。

啊，我的睡眠，珍贵的睡眠，只待他的触摸让它化为乌有。啊，我紧闭的双眼，只在他微笑的光里才打开眼睑，他就站在我面前，如同睡眠的黑暗里浮现的一个梦。

让他在一切的光亮和形状之前，第一个出现在我眼前。让我觉醒的灵魂最初的欢跃，来自他的注视。让我的返回自我，立刻成为向他的依归。

国　王

夜深了。一天的工作结束了。我们以为最后一位过夜的客人也已到达，村里家家都关门闭户。只有一个人说，国王就要到来。我们笑着说:“不，这不可能!”

似乎听到了敲门声，我们说那不过是风而已。我们吹熄了灯盏，上床就寝。只有一个人说:“是使者来了!”我们笑着说:“不，那一定就是风!”

夜的死寂里传来一个声音。倦梦中我们以为那是远方的雷鸣。地在晃，墙在摇，我们在睡梦中受到惊扰。只有一个人说，那是辘辘车响。我们困乏地嘀咕着:“不，一定是阴云里传来雷声隆隆!”

鼓声响起时夜还深沉。有声音传来:“快起来！别耽搁!”我们手按心口，害怕得发抖。一个人说道:“瞧，国王的旗子在那儿!”我们爬起来叫喊:“没时间再耽搁了!”

国王已经驾临——可是灯火在哪儿呢，花冠在哪儿呢?又能去哪儿找国王的宝座呢？哦，真是耻辱！哦，彻底的耻辱！礼堂在哪儿，陈设又在哪儿呢?有个人说了:“叫喊是徒劳的！两手空空去迎接他吧，引他去你徒有四壁的房间吧!”

把门打开，海螺壳吹起来！夜深沉，国王来到我阴暗沉闷的房子里。天空里雷声怒吼。黑暗与闪电一同战栗。拿出你那片破席，在院子里铺开。这可怖的夜晚，和暴风雨一同突然来临的，是我们的国王。

礼　物

我想我该向你请求——可我不敢——你戴在颈项的玫瑰花环。于是我只能等待清晨，想在你出发以后，从你床上找些碎瓣。黎明时我就来寻找，乞丐般只为一两片散落的花瓣。

我啊，我找到的是什么？你留下了什么作为爱的信物?

不是鲜花，不是香料，也不是一瓶香水。是你锋利的宝剑，闪烁如火焰，沉重似雷霆。晨光溜进窗户，伸展在你的床上。晨鸟嘁嘁喳喳地问道："女人，你得到了什么?"不，不是花朵，不是香料，也不是一瓶香水——是你可怕的宝剑。

我坐在那，惊奇地思索，你这算是什么礼物呀。我找不到收藏它的地方，佩带它我又觉得难为情。我是如此柔弱，将它按在胸口，都让我疼痛。这痛苦的负担亦是你的礼物，因而我要把这荣耀铭记于心。

从今以后，在这世上我将无所畏惧，在我四方的征战里你将凯旋。你留下死神与我为伴，我将用我的生命为他加冕。你的宝剑随我左右，将我的镣铐斩成碎片，在这世上我将无所畏惧。

从今以后，我要丢弃所有繁琐的装饰。我心灵的主，我不会再守着角落等待啜泣，举止也不再羞怯娇矜。你已将你的宝剑赠我佩戴。我将永不再打扮得像玩偶!

聚　会

在无垠世界的海滨，孩子们相遇了。无极的天空凝滞在头顶，躁动的海水欢闹喧腾。在无垠世界的海滨，孩子们相遇了，欢呼舞蹈。

他们堆砌起座座沙堡，和空贝壳玩起游戏。他们用枯叶编成小船，含着笑让它们漂浮在浩瀚的深海上。孩子们在世界的海滨做着自己的游戏。

他们不知要如何泅水，他们不知要如何撒网。孩子们将卵石聚拢又散开的时候，采珠人正潜水觅珠，商人们在船上航行。他们不寻找埋藏的宝藏，他们不知要如何撒网。

大海翻涌起笑浪，海岸闪烁的微笑苍白。致命的波涛，对孩子们唱起无意义的歌谣，甚至像母亲一样晃动孩子的摇篮。大海同孩子们嬉戏，海岸闪烁的微笑苍白。

在无垠世界的海滨，孩子们相遇了。暴风雨漫游在无路的天空，船舶失事于无轨的水域，处处是死亡的阴影，孩子们在做着游戏。在无垠世界的海滨，孩子们举行了盛大的聚会。

灯　节

在荒凉河岸的斜坡上，深草丛中，我问她："姑娘，你用斗篷遮着灯，意欲前往何方？我的屋里漆黑寂寥——借你的灯予我吧！"她抬起乌黑的眼睛，在薄暮里看向我的脸。"我来到这河边，"她说，"只待白日西斜的时候，让我的灯漂浮在水上。"我孤零零站在深草丛中，看着她的灯盏闪动羞怯的火苗，无益地随潮水漂走。

夜渐深，一片寂静中，我问她："姑娘，你的灯全都点亮——而你提着灯意欲前往何方？

我的屋里漆黑寂寥——借你的灯予我吧。"她抬起乌黑的眼睛望向我的脸，不禁伫立踟蹰。终于她开口道：“我来这里，是要献我的灯给天空。”我站在那里，看她的灯火在虚空里徒劳地燃烧。

没有月光的午夜，昏暗之中，我问她：“姑娘，你将灯抱在胸口，是在寻找何物？我的屋里黑暗寂寥——借你的灯予我吧。”她停下来踌躇了一会儿，在黑暗中凝视我的脸庞。“我带着我的灯，”她说，“是来参加灯节的。”我站在那里，看她小小的灯盏，无益地消失于灯火之中。

死　亡

我知道这一天终将到来，我眼中的大地就要消失，生命即将无声地离去，把最后一张帘幕覆上我的眼睛。

可是星辰仍将守望黑夜，晨曦一如往常升起，时光如海浪浮沉，涌荡着悲痛与欢欣。

当我想到我的岁月的尽头，时光的坚壁便被打破，在死亡的光照下，我看见了你的世界和它被忽视的珍宝。稀有的是它最卑贱的座椅，珍奇的是它最低微的生命。

我渴求而不得的东西和我已经得到的东西——忘了它们吧。就只让我真正地拥有那些我曾经唾弃和轻视的东西吧。

宇宙的融合

诗人的宗教

一、

彬彬有礼是一种行为之美。它要求完美的耐性，自我控制和闲适的环境。因为真正的礼仪是一项艺术，如同绘画，如同音乐。它是声音，手势与动作的自然结合，是语言和行为的自然结合，在这个过程中表现出了行为的豁达大度。它揭示了人自身，并且不带有任何隐藏的目的。

我们的需求总是显得匆匆忙忙。它们忙碌又草率，粗鲁而随便；它们没有多余的空闲，没有对其他琐事的耐心，只知道达成目的。我国今日，时常能看到人们使用空煤油罐来运水。这些罐子显示出一种无礼；它们简慢而唐突，对于自身的粗鲁不感到一点羞耻，不关心实用以外的任何东西。

我们的需求方式主张，我们必须拥有食物，住所，衣服，舒适和便利。然而人们却花费大量时间和资源来抵制这项主张，去证实他们不仅仅是欲望无穷的一类活物；在他们内心里拥有对于完美的理想，对于和谐的知觉，也就是各个部分之间的协调，以及人与环境的协调。

“无限”不在于广度的延伸，而在于单一性之中，在于和谐统一的奥秘之中。事实占据了无限的时空；而包含了所有事实的真理却无法度量；它是“一”。无论在哪里，只要我们的心触碰到这个“一”，不论大小，它都触摸到了无限。

我向某人述说我们性格里拥有的快乐。我说这是因为我们通过它感知到我们自身内部的一种融合的精神。他回答道，他没有感到自己有这样的快乐，但我确定他是夸大其词。他已遭受的所有可能，由于环境和内部的融合精神之间的失调，更加有力地证明了它的真理性。当疾病以痛苦的力量烦扰我们，健康的意义才显现出来；因为健康表达出重要功能的调和，也带来相应的快乐。生命的悲剧产生，并不是阐述它们自身的真实，而是显示生命里快乐的终极目的，因此它们才如此粗鲁的摇晃。我们内部的“一”通过完善与他人爱的关联，而实现了它的无限，这才是它的目的。通向这个关联的所有障碍都会导致悲惨，导致无价值的激情，它代表有限，代表分隔，而这是消极的，因而仅仅只是摩耶[①]。

存在我们内部的融合的快乐，寻求表达的途径，变得具有创造性；反之，我们对于满足自身需求的渴望具有建设性。

---

① 这个概念的基本意思是，世界是“梵”通过其幻力创造出来的，因而是不真实的，只是一种幻象。

水罐，仅仅将它看作水罐，会引发这样的问题:“到底为什么它会存在?”它的建设性就是它存在的理由。但是一个美的工艺品在哪里，它不需要回答问题，不需要做什么，只需要在那里。它在自身的形式中彰显了一种整体性，所有的变化在其中都变得和谐，用一种神秘的方式，它奏响了我们自身的和谐乐章的共鸣之音。

这个世界的真相是什么？不是物种的繁杂，亦非数量的多寡，而在于它们之间的联系，这是无法计数，无法衡量也无法概括的。它不在众多的物质里，而在唯一的表达之中。我们对于事物的认知，是因为清楚它们之于宇宙的联系，这样联系便是真相。一滴水不是一个特殊的元素混合物，而是和谐交融的奇迹，两种元素的关系揭示出那个“一”。即使再多分析也不能向我们揭示合一的奥秘。物质是抽象的，我们永远都无法认清它，因为我们的实在世界并不承认它。即便是这世界的巨大力量，向心力和离心力，都在我们的认知范围之外。它们是被禁止进入创造的殿堂的临时工。但是光和声音身着华服走向我们，如同行吟诗人在感官的窗前演唱小夜曲。是什么总在吸引着我们的注意力，不是厨房，而是盛筵；不是对这世界的内部剖析，而是它的面容。那是季节的舞蹈；是光和影，微风与流水的暧昧演出；是流浪的生命那多彩的羽翼在生死间挥动。这一切的重要性不在于它们作为事实的存在，而在于它们那和谐的语言，我们灵魂的母语，通过这母语它们和我们交流。

我们与这伟大的真理渐行渐远，我们忘记接受它的邀请，回报它的好客之心。追求外部卓越的同时，我们的作品变得不再有灵魂和意义。这正是华兹华斯所抱怨的，他写道：

这世界给予我们太多压力；或早或晚，
得到与失去，我们耗尽心力。
崇高的自然与我们形同陌路。

但是这并非由于我们对世界变得太过熟悉；正相反，这是因为我们没有看到它的整体性，因为追求细枝末节而被分了心。

物质仅仅作为物质是野蛮的，它们孤独无依，它们随时会彼此伤害。就像是我们的个体冲动，寻求着无止境的率性自由。对它们自身来说，这是毁灭性的。然而融合的理想立马在它们中心竖立起一面旗帜，将这些反叛势力归顺在它的麾下，创造得到启示——这创造是和平，是完美的合一的关系。我们饮食的贪婪，本身是丑恶与自私的，视礼仪为无物。但是在社交友谊的理想之下，它受到管制，变得具有装饰性，一变成为生活里的日常欢宴。在人的自然本性中，性的冲动是极端个人和具有毁坏性的，但是在爱的理想的规训下，它盛开出尽善尽美的花朵，变成人的精神实质的最佳象征，也就是他和无限之间的爱的亲密。因此我们发现，正是“一”在创造中揭示出自身，揭示出多数，通过取消敌视，完美地展示了融合的精神。

二、

我记得，当我还是个孩子的时候，我们花园墙边有一排椰子树，伸着树枝向地平线上升起的太阳招手，像我一样拥有生命，陪伴着我。我知道是我的想象让我周遭的事物化入我自己的世界——这幻想寻求融合，与此相关。但是我们不得不深思，这样的陪伴是真实的；我生长的这个宇宙，拥有和我的幻想之心息息相关的元素。它在所有孩子的本性里唤醒了造物主，他喜爱用五彩的丝线编织一张带有其个人印记的创造之网。这一点和我们十分类似，因而与我们的想象和谐交融。当我们发现某些弓弦与其他乐器合鸣，我们知道这种共鸣代表了永恒的真实。世界用共鸣来激发我们的想象力，这个事实告诉我们，这种创造性想象是一个普遍真理，不论是在我们还是在万物的心中。华兹华斯说：

我宁愿做一个
在陈腐的教条中汲取营养的异教徒；
或许如此，才能让我立于舒适的青草地，
举目四顾，什么才能宽慰我的孤独；
看海神普罗透斯从海上升起，

或是听老特里同吹响他的螺号。

在这段文字里，诗人告诉我们，当我们遇见自己的想象，在这个世界上就不会如此孤独无依。要使这成为可能，必须通过我们的想象去揭示所有表象背后的真实。这个真实触及到友伴，也就是一些和我们有密切关系的东西。我们大量的活动都在忙于制造想象，不是为了某个实际的用途或是阐释理性的命题，而是为了对于这个真实各式各样的接触，给出相对的回应。在这一制造想象的过程中，孩子创造了自己的世界，以回应那个他找到自我的世界。我们内心的童真，举目四顾，看到了万物面纱后隐藏的永恒玩伴，如海神普罗透斯从海上升起，或是特里同吹响他的螺号。这个玩伴就是真实，它不提供任何援助，仅仅作为使者，就让孩子能够在活动里找到乐趣。在无限的世界里有一种制造想象的乐趣，这又激发了我们内心想象的愉悦感。宇宙的律动在我们内心生发出的情感，是具有创造性的。

一位诗人曾诉说他作为造梦者的命运，诉说他的梦境的无价值却永恒的存在：

我的头漫不经心地悬挂于众人之中，
他们的果实是面包，正如我的是梦：
适意的人们和阳光下眩晕的造梦者，

收获的季节；但是收割之后的时刻，

世界聚拢到我身侧，我，那造梦者。

梦还在继续；它比具有实质和用途的面包更为真实。画布经久耐用又具有实质内容；它拥有一系列的机器和工厂，为其生产和流入市场服务。而没有工厂能够生产出的图画，便是一场梦境，一个摩耶，然而正是它，而非画布，具有终极真实的意义。

一位诗人这样描写秋天：

我在薄雾笼罩的清晨，看见古老的秋天

如寂静一般无影的站立，谛听

无声，因为孤独的鸟儿不会啭鸣

为他空洞的双耳，从那寂寞的林间。

另一位诗人这样歌咏四月：

四月，四月，

迸发出少女般的笑声；

而下一秒钟

擦去你少女般的泪水！

四月，我的双耳

如同热切迎候的情人，
如果我告诉你，最亲爱的，
我所有的希望和恐惧。

四月，四月，
迸发出金子般的笑声。
而下一秒钟
擦去你金子般的泪水！

这秋天，这四月——它们除了幻影，什么也不是么？

让我们假设月球上的来客到达地球，听着留声机里的某段音乐。他要寻找内心所产生的愉悦究竟源自何方。在他面前实际只有一个木制的盒子和一盘旋转的碟片，制造出声响。而那个看不见也无法解释的东西便是音乐的真相，是他能够立即接收的个人讯息。那既不在木头中，也不在碟片里，亦非音符的声音。出于合理的假设，若这名月球上的来客是一位诗人，他会描写囚禁在盒子里的一个仙女，坐在那儿纺织乐布，对着一片遥远而危险的海上，浪潮里打开的一扇魔力窗扉，表达她内心的哭喊。这在实质上，而非字面意义上，是真实的。留声机事实上只能让我们了解声音的原理，但是音乐却给了我们个人的陪伴。四月那赤裸裸的真相，不过是阳光和雨水的交替。然而四月里，光与影、细语和运动的微妙混合，不仅给了我们情感上的震动，还有如音乐一般的欢乐交融。因此，当一位诗人在四月里看出了一个少女的身影，即便是一个完全的唯物主义者也会与他产生共鸣。但是我们知道，如果一个遗传学或者几何学的定理被描述成一个少女或是一个鼻子——甚至被描述成一只猫或者一头骆驼的话，同样的这个人一定会怒不可遏的。因为这些抽象理论并不会拨动我们想象的魔力琴弦。它们不是梦，不像鸟儿和谐的歌吟，不像雨水洗过的树叶闪耀在阳光下，也不像蔚蓝的天空飘浮着朵朵白云。

我们个性的终极真相便是，我们并非仅仅只是生物学家或者几何学家，“我们是梦境的制造者，我们是音乐的作曲人。”造梦与作曲并不具有忘忧树的功效，而是一种创造冲动，使音乐里不但有歌词和曲调，线条与色彩，还有宝石和金属，有思想与人：

用不死的天籁之声
我们建造世上的雄伟之城，
用传说的故事篇章
我们重塑帝国的荣光。

我的一位学者朋友曾告诉我，持续不断的逻辑训练削弱了他对于信仰的自然本能。原因在于，信仰是我们身体里的观众，在整体性的演出之中它能发现戏剧的意义；但是逻辑却引诱我们进入演员休息室，那儿没有戏剧，只有剧作术；接着，逻辑点着它的头，令人厌烦地谈论起幻灭。负责处理断简残篇的演员休息室，被质疑时会显得滑稽，或是嘴角挂上一抹靡菲斯特式的嘲讽的笑容；因为它没有融合的秘诀，那在别的什么地方。这要靠信仰来回答，“融合的精神从‘一’那里来到我们身边，我们自身的‘一’敞开大门，欢欣地迎接它的到来。”诗歌与艺术的功能在于提醒我们，演员休息室是最黯淡的幻觉，而真实则是呈现在我们面前的戏剧，所有的漆饰华彩，面具展览，在艺术中融为一体。绳索和车轮会朽烂，舞台会变化，但是戏剧之梦仍然真实，因为依然会有永恒的造梦者存在。

三、

诗歌与艺术发自内心怀有一个信念，即人与所有存在之间的融合的本质，它的最终的真相也即是人的本性的真实。这是一个能被直接领悟的信仰，而非需要分析和争论的玄学方法。我们从亲身经历能够知晓，我们的创造物是什么，并且通过它我们本能地知道，环绕我们的万物究竟意味着什么。

当济慈在他的《希腊古瓮颂》中写道：

你，沉默的形体，引我们超越思想，

如同永恒……

他感受到了所有完美的形体之中深藏的不可言喻，“一”的奥秘，让我们超越了所有思想，直接地触到了无限。这个奥秘，需要诗人去发现和揭示。伴随着那一束穿越痛苦与绝望的奋力的光芒，它在济慈的诗中显露：

> 不管失望，不管无情的人缺乏
> 高贵的本性，不管愁苦的时光，
> 不管所有危险黑暗的道路，为我们的求索设障：
> 是呀，尽管这一切，
> 一个美的形体
> 从我们的暗灵上移去棺衣。

诗中给与我们这样一个启示，真彰显于美。原因在于，若美仅仅只是偶然，只是这永恒的万物之屋中的一名租客，那么美会受到损害，会被现实的反抗所击倒。美并非幻想，它具有永恒的真义。现实带来的失望和忧伤只不过是迷雾，当我们穿越这片迷雾，看见美的光芒瞬息一现，便明白了和平是真的，而非战争，爱是真的，而非仇恨。真便是“一”，而非失去了关联的芸芸万物。我们意识到，创造是无限的完美理想与永恒的实现过程之间的永久协调。只要在美好的理想与世俗的障碍之间，没有绝对的隔离，我们就无需惧怕苦痛与损失。这就是诗人的宗教。

对于那些习惯了宗派教义的严格条条框框的人来说，这个宗教显得太过随意灵活。事实也的确如此，但这仅仅是因为，它的目的不在于给无限戴上镣铐，驯养为日常家用之物；而是为了让我们的意识从实利主义的枷锁中解放出来。它像黎明一样飘渺，但也如黎明一般辉照；它召唤我们的思想，感情，行动去拥抱自由，并为它们点亮指路的明灯。在诗人的宗教里，找不到教义或者戒律，只有我们全心求真的态度，这在那些无穷尽的创造中已经显现出来。

在教条主义的宗教那里，所有问题都有明确的答案，所有疑虑最终都入土为安。然而诗人的宗教是流动的，如同地球周围的大气层，光与影在那里玩起了捉迷藏的游戏，风就像是一个牧童，在羊群似的云堆里吹起了牧笛。无论何处，无论何人，它从不试图引导他们得出任何确凿的结论；然而它源源不断地抛出光球，因为它的四周没有任何围墙阻挡。它承认罪恶事实的存在；它不避讳这个世界里的“疲倦，狂热与焦躁”，“人们坐在那里，耳听彼此的呻吟”；但尽管如此，它仍铭记，世上还有夜莺的歌声，“或许月亮皇后正登上她的宝座。”更有：

白山楂，和那乡村的蔷薇，
易凋落的紫罗兰，掩映在绿叶丛中；
五月中旬的长子，

（这一句英文原文Mid-day正午，而济慈的诗歌里是Mid-may五月中旬，这里依济慈诗歌改。）

那待放的麝香玫瑰，露珠酿成的醇酒满缀，
还有夏日傍晚嗡嗡萦绕的一团飞虫。

但是所有这些都并非一个含义明确的答案；而是一首乐曲，引我们超越思想，因它填满了我们的生命。

让我念一首东方诗人的译作，以说明这个观念如何在孟加拉语诗歌中表现出来：

清晨，我在你船帆的鼓动中醒来，
我的航船夫人，我离岸只为追寻浪涛的召唤。
我问你："成熟后收割的梦想，
就在越过蓝色边际的岛屿吗？"
你静默的笑容落到我的问题上，
如同静默的阳光落在碧浪。
这一天经过风暴与宁静，
迷惘的风一再改变它们的方向，
大海呜咽呻吟。
我问你："你的睡眠之塔是否立在
白日里火葬堆的死灰之上？"

你没有给出答案，只有你的眼睛绽出笑容，
如同一朵日落的云霞。
夜来了。你的形体在黑暗里逐渐模糊。
风吹拂你的发丝，掠过我的脸颊，
发香触动了我的忧伤。
我的双手摸索到你的裙裾，
我问你——“我的航船夫人，你的死亡花园
在繁星之上吗，那里的寂静之花绽放出歌谣?”
你的笑容在岑寂之心里发出光芒，
如同午夜的迷雾里孤星闪耀。

四、

我们清楚地从雪莱身上看到，经过一段时期的茫然与困惑，挣扎和寻觅，他的宗教信仰在发展变化。虽然他英年早逝，但他最终到底诠释了自己积极的信念。他的思想在《颂知性美》中，有了最终的表达。诗人通过这首诗的标题，意在表达一种美，而这显然并不仅仅只是特定事物的缺乏能动性的品格，还是在与无知生活的较量中自证的精神。当他的漫游行将结束之际，他站在神的面前，仅仅一瞥就已让他的灵魂充满不安，这首赞美诗就在此时回荡在他的心间。他所经历的所有美，都使他为一个问题而纠缠不休，美究竟是什么。在某首诗里，他歌唱起了他亲手扎的一束鲜花，有紫罗兰，雏菊，温柔的风信子，还有——

那朵花莹润又高挑，
像个孩子，半是温柔半是笑，
天上汇集的泪水流下母亲的面颊。

他这样结束全诗：

于是，我欢欣雀跃，
奔向来时的地方，
我可以把它献上！——哦！给谁？

即便没有答案，这个问题仍具有重要的意义。一个美丽的造物象征着一种满足，也就是爱的实现。我们听到过许多痛苦绝望的诗人无情地嘲弄它；但这就像是一个生病的孩子敲打自己的母亲——这是患了信念缺失之病，有伤真理，却也用切肤的伤痛和十足的愤怒证明了真理。而这个信念就是，美是“一”对另一个“一”的自我献祭。

在《颂知性美》的第一部分，雪莱专注于说明美的表现是如何的反复无常、昙花一现，总以虚假而不堪一击的形象示人：

有如夜色宁谧协调，
有如云彩游走于星光，
有如记忆里的音乐消逝于茫茫。

他认为，这唤起我们心中的疑问：

何以万物绽放后必将凋零，
何以恐惧和梦想、生存与死亡
用阴影掩去了尘世的光芒，
——人们何以有这般见解，
对于爱与恨，沮丧和希望？

诗人自问自答：

人类也曾永生不朽，也曾无所不能，
你啊，这谜一样的庄严，
带着荣耀的随从，坚守在人们心间。

美的飘忽不定为我们展示了一幅永生与全能的图景，激励人们在永恒的信念中去努力实现它。最崇高的真实必须得主动践行。真的获取不在路的尽头，而是在漫漫求索的途中自然显现。可在求真的旅途中，什么引导了我们的航向？人类为寻求正确的方向而一直奋斗不休：

因而魔鬼，幽灵和神明，那些名姓
依然徒劳而无功名，
脆弱的符咒——魅惑的言语于事无补，
从我们的所闻和所见，
疑虑，机遇和变化万千。

如诗人所言，表达虔诚的惯常仪式，就像是魔咒——它们只能证明人的绝望挣扎，而非辉煌成就。他知道，我们追寻的终点用特有的光亮为我们指引方向，召唤我们向它走来。而真的召唤也就是美的召唤。关于此，他写道：

唯有你的光——恰似云霁绕山川，
又似晚风送音籁，
在静静的琴弦间盘桓，
抑或月光在午夜的溪流照影
将美与真带入人生不安的梦萦。

这召唤着我们的真的启示，无处不在，一位孟加拉乡村歌手唱道：

主人的笛声藏于万物，
吸引我走出我的房子，去往各处。
只要听到笛声，我便知道每一步
都走在主人的房中。
因他是大海，是河流通向海洋，
他是我停泊的海港。

宗教，在雪莱那里，与他的人生一同成长；它提供的不是完备而现成的教条；他反对那些教条。他具有创造性的头脑，只有通过努力创造的乐趣，才能接近真。因为真正的创造是通过将真转译为我们自己的符号，才最终获得了真。

五、

对于人来说，实现真的最佳机缘已经存在于人类社群之中。这是人的一项集体创作，通过这一创作，人的社会存在试图在它的美和真中发现自己。若这个社群仅仅体现了它的实用性，它会像一颗暗星，发不出自己的声音。但是，除非它退化，它曾经在其协调运动中表明有一个鲜活的真作为它的灵魂存在，并且拥有人格。在这个社交群落的集体生活中，人们感悟到合一的奥秘，就像人从音乐里体悟到的。从这个合一的意义上，人开始发觉他们的神的存在。由此可以说，每一个宗教都始于其部族的神。

摆在其他所有人面前，亟待我们的文明解答的问题，不是他们拥有什么和拥有多少，而是他们表达了什么和如何表达。在一个社会之中，一些生活的精神计划将限制它的人民并将其转化为一个有机的整体，如果他们忘记遵循它，那么物资的生产与流通、财富的积累和消费，会像在一条无限延伸的直线上不断蔓延。因为发展并不意味着扩充，那仅仅是增加了不完满的程度。发展是一个整体向着一个更完满的整体运动。生命自诞生之初，便拥有这一完满。作为一个孩子，儿童自身就拥有了完美；如果被视作一个未完成态的人，孩子只会显得丑陋。人生是一次持续不断的合成过程，而非扩充。我们的生产活动和财富享受只有在创造性的理想中相融合，才能获得完满的精神。否则他们只能永远愚蠢地保持未完成的状态；他们变得像火车引擎，有铁轨却没有车站；匆匆奔向前方，撞向某个失去控制的力，或者筋疲力竭的机械遽然间分崩离析。

通过创造，人表达了他的真；通过这表达，人又在这完满里重新获得了他的真。人类社会是为表达最佳之人准备，根据其完美度，这个表达使他能够完全实现人性的神圣。若表达趋向模糊，那么他心中对于无限的信仰就变得微弱；于是他会失去追求卓越的理想抱负。他对于无限的信仰具有创造性；他对于成功的渴望具有建设性；一个是他的家，另一个则是他的办公室。随着人们的需求无限增长，文明变成了一间巨大的办公室，而家则仅仅成为一个附属品。执著于追求成功，形成了社会中的某类人，在印度也就是我们所说的首陀罗。在战斗中，刹帝利，那高贵的骑士，遵从了他理想中的荣誉，这比胜利本身更让人骄傲；但唯利是图的首陀罗却以胜利为自己的目标。首陀罗这个名字象征着一类人，对于全然实际的用途的需求无休无止。这个词代表了一个等级，包括所有光秃秃的机器，不论他们劳力还是劳心，人性的完满已然缺失。他们就像行尸走肉一般，于是我们心怀怜悯，急着向上帝祈祷和泣诉："为了仁慈的缘故，为他们蒙上一层美与生活的面纱吧！"

当雪莱眼中的世界开始意识到美的精神，也就是无限的愿景，他这般说出他的信念：

快乐从未照亮我的面容
怀着希冀解开锁链，你将使这个世界
逃离黑暗的奴役重沐自由之风；
你——哦，庄严之美好——
将赐予的一切，非言语能够传送。

这是他关于无限的信仰。这一信仰使得他的雄心壮志都用在了自由和完美之上，不急功近利，亦不在乎成功。正是对于上帝的信仰，对于实现完美理想的信仰，铸造了人类世界的所有伟绩。在曲折变化的道路上茫然前行，有百害而无一益。一串音符的随机排列，不能算作是音乐；只有当我们心中奏响声音的进行曲，某种音乐的灵感才谱写出了乐章。对于完美的无限真实，我们所怀有的信仰便是音乐的灵感，这是我们文明的一个伟大而充满创造性的力量。如若它陷入沉睡之中，那么我们对于财富，对于物质权力的信仰，便会取而代之；它抗争和破坏，在一场星光般璀璨的焰火中，片刻间燃尽风华，消逝于灰烬和烟尘之中。

六、

怀有伟大信念的人，总是唤醒大众，迎接伟大的远景，谨小慎微之人则一直嘲笑他们，认为这些想法不切实际。但是我们中的诗人知道，现实是一项创造，人类的现实亟待从晦暗的深渊中重见天日，而这要倚助于人类充满创造性的信仰。曾几何时，人类的现实还是野蛮的现实。那是我们开创人类事业的唯一资本。然而千秋万载，信仰的召唤降临人世，反对所有现实的表象："你比看上去要更好，你可以突破环境所限。你要征服一切不可能，你将永生不朽。"信仰缺失的人已经笑了出来，试图谋杀信仰。但信仰在受难产生的力量下反而变得更强，她一声令下，更高的现实在低层的基础上开始创建。如果没有雷雨云的孕育，没有承受普遍痛苦的洗礼，如何会有今日的新时代？难道今天我们不是等待着一个信仰的伟大呼唤，对我们说道："跳出你当前的局限。你要征服一切不可能，你将永生不朽？"那些还没有准备好接受它的国家，完全信任他们当前的体制系统，没有多余的思想或空间来欢迎这名不速之客，他作为解放人类的信使而来，注定要招致他们当前财富和权力的覆败。

这伟大的世界，一个创造，一个无限的表达——那里清晨的欢歌，唱给方才苏醒的生命，那里的晚星对着疲惫不堪的旅人歌吟，那是死亡之上的新生，人生的凯旋之歌——已经向我们发出召唤。这召唤曾经激起人们心中的造物主，敦促他揭示真相，揭示自身蕴含的无限。它曾通过我们发出召唤，从我们自己的创造上，与神的合作上，提醒我们的神圣本性，存在于精神的自由之中。我们社会的存在是为了用它不同的声音提醒我们，人的终极真相不在于他的智力或是他的财产；而是在于他的心境澄明，在于他跨越所有种姓和肤色的障碍，产生的广泛同情；在于他对世界的认知，不是仅仅将它看作一座权力的宝库，而是一方人类精神的栖居之所，那里有永恒的美的音乐和神圣存在的内在光芒。

森林的宗教

一、

我们站在这伟大的世界面前。生命的真谛取决于我们对待它的态度——这态度形成于我们的习惯，在特定的环境下和我们的喜怒变化中，我们是如何对待它的。它通过征服或者融合的方式引领我们与宇宙建立联系，前者是权力的培养，而后者是建立共鸣。因而，当我们体悟存在的真理时，我们要么强调二元对立，要么强调二元统一。

在《奥义书》里，印度的先哲们认为，我们灵魂的解放在于领悟到万物合一的终极真理。他们说：

变幻的世界里，一切运动包藏于神；

快乐来源于舍弃，而非贪婪的拥有。

意思是说，若我们认为事物的多样性是最本质的，我们就会不断地攫取更多外在的东西；反之，若我们将“无限的灵魂”认定是事物的本质，那么通过与之融合，我们便能获得自我灵魂上的快乐。因此，那些功德圆满的人就会说，他们是“进入了万物之中”。他们与这世界的完美联系是融合统一的关系。

印度的古代先贤们宣扬的这关于完美的理想，贯穿了我们古典文学的核心，并且依旧主导我们的思想。我们史诗中的传说无不聚集在净修林的深影里，言语中传递的始终是林中哲人的讯息。我们最伟大的两部古典戏剧充满了对于那些圣哲的想象，背景就设在净修林里。

北欧人的历史一直与海洋的乐声和谐共鸣。这里的海洋不仅仅在地形学上举足轻重，还代表了特定的生命理念，这理念仍旧引领着历史，并激励着整个民族的创造性。在海洋中，自然对那些人展现出她危险的一面，像是在与大地和大地的子民的持久战争中竖起壁垒。海洋是野性难驯的自然向顽强不屈的人类灵魂发出的挑战。而人类并不畏惧，他迎战并凯旋，战斗的精神也长存在他的血液里。他仍然四处征战，反抗疾病与贫穷，推翻暴君和暴政。这里指的是一个海洋民族，像驾驭一匹发狂的野马般驾驭大海，抓住它的鬃毛，让它为岸上的居民提供服务。他们喜爱使用暴力来使生存环境由敌对变得服从。他们视二元论以及善恶的永恒冲突为真理，没有调和的办法，只能以胜利或失败告终。

但在印度北部广阔的平原地区，人们没有发现他们的生命和渗透宇宙的宏大生命间存有任何壁垒。森林与他们的工作和休闲保持着亲密的互动关系，伴随着他们的日常生活和冥想沉思。他们无法想象还有那种与人隔绝、敌对的环境存在。因而这里的人认为，真理不存在于事物的差异之中，而是涵括在万物的统一性里。关于信仰，他们如是说："一切从生命中来的，皆与生命共振。"我们若只看到世界格格不入的一面，那么一定是它的机械性在我们头脑里占据上风；于是我们开动机器、摸索方法来对待这个世界，对于它的机械性的理解也促使我们追求尽可能多的利润。看待事物的这种观点并没有蒙骗我们，因为这世界自有其机器化的一面。不仅是这物质的世界，就连人类也有可能会被当作机器，被迫向强大的效益屈服。真理的这一面不容忽视；我们必须了解和掌握它。欧洲人这么做了，已然得到丰厚的回报。

印度看待这个世界的观点，可以用一个合成的梵语词汇Sachidnanda进行总结。意思是本质唯一的“真实”，分为三个层面。第一层为“有物”（Sat），即万物存在，这一单纯事实通过普遍存在将我们与世间万物联系起来。第二层为“悟道”（Chit），即我们了解，它通过知识的关系将我们与万物连通。第三层为“欢喜”（Ananda），即我们生活愉快，它通过爱的牵引让我们与万物融合。

根据真正的印度观念，我们意识里的世界，仅仅是由规则支配的存在事物的总和，并不完美。但当我们意识到一切事物中存在一种统一的精神时，它就变得完美了，并因此能为我们带来欢愉。对我们而言，这个世界的至高宗旨不仅仅是活在其中，了解和利用它，还有通过共鸣范围的扩张，意识到我们的自我包蕴其中；不是使我们自身疏远它，控制它，而是去理解它，与它达到完美的融合。

二、

毗克罗摩阿迭多（超日王）在位时，都城优禅尼盛极一时，诗人迦梨陀娑正逢其时，印度隐居林中的时代已经过去。然后我们才在人类的伟大广场之中占据了一席之地。中国、匈奴、西塞亚、波斯、希腊和罗马都众星拱月般围绕在印度周围。然而，即便是在那样繁荣昌盛的时代里，诗人也怀着爱和敬畏之心歌咏净修林，这无疑显示出占据印度灵魂的主要理想是什么，源源不断地流经她生命的记忆洪流是什么。

在迦梨陀娑的戏剧《沙恭达罗》里，净修林是贯穿全剧的关键所在，与它相比国王的宫殿也不禁黯然失色，这代表了同样的理想——对于人与有意无意的造物间的亲密联系的认识。

后世的一位诗人，在他的《迦丹波利》里这样描写净修林：柔藤翠蔓迎风摇摆，一副彬彬有礼的姿态；林木开出一树繁花作为牺牲与献祭；树林里响彻小婆罗门朗朗的诵经声，时常聆听的鹦鹉也能够重复那些经文；野禽享用着供奉神灵的祭品；水泽边走出的鸭子回到屋舍的畜栏里，在铺展的草籽上弄干羽毛。在我们的一切古典文学里，净修林的形象光辉闪耀，为人与植物、动物的隔阂架起了桥梁。

在西方戏剧中，人类角色以他们的激情旋流吸引我们的注意力。“自然”只是偶尔登场，并且常常是名不速之客，不得不找寻各类借口，鞠躬道歉，最后黯然离场。然而在我们的至今仍享有声誉的一切戏剧里，例如《小泥车》、《沙恭达罗》、《罗摩传》，“自然”坚持她的合理性，为了证明自己举足轻重的作用，将永恒的宁静注入人们的情感之中。

在莎士比亚早年的两首诗歌里，盛怒的激情却表现出明显的隔绝感。那是从万物中抽离出的赤裸的情感，没有蓝天绿地环绕四周；它随时准备点燃我们欲望里的熊熊烈火，而不是环绕宇宙的安稳和宁睦的芬芳。

《时令之环》显然并非迦梨陀娑的成熟之作。作品里朝气蓬勃的情诗还没有达到像后来的《沙恭达罗》和《鸠摩罗出世》那般的纯熟严谨。但这妖娆的曲调仍旧是大自然这交响乐的变调和声。夏夜的月光，与清泉流水共鸣，彼此都成为对方旋律的一部分。在这韵律里迦昙波林轻轻摇摆，闪耀在清凉的新雨里；南风徐徐轻柔低语，吹送来芒果花香。

在《鸠摩罗出世》的第三篇章里，爱神来到林中圣地，在苦行者冥想的平静里，突然引发一股欲望的洪流。然而由此产生的激情的猛烈爆发是以宇宙的普遍生命为背景的。萨蒂与湿婆的神圣的爱的震颤在这世间有了回应——在无边宽广的青春里，连动物与树木也有它们灵魂的悸动。

不仅是第三篇章，《鸠摩罗出世》全诗都涂绘在一张无垠的画布上。它讲述了爱的永恒结合，追求与牺牲，最终爱的圆满。曲折的过程让众神都为此焦虑不已。它隐含的意义是深刻而长远的。它回答了人类一直全力追问的那一道难题："英雄究竟是如何诞生的，能对抗和击败恶魔的勇士，如何在天国里虚度年华？"

显然，在迦梨陀娑的时代，古老的印度生活的天真单纯已经结束，这一问题开始变得尖锐了。印度的国王经常忘记自身的职责，成为一心追逐私利的享乐主义者，因此印度一再受到塞西亚人的侵扰劫掠。那么这首诗对于这个问题给出了怎样的答案呢？这启示便是，软弱的原因根植于灵魂的深处。离开了真与善，打破了原本的和谐，软弱就产生了。在这首诗的发端，我们发现象征着善的湿婆神，在他禁欲苦行的生活里，长久迷失于自我中心的孤寂中，脱离了真实的世界。从此天堂就变为了失乐园。但是《鸠摩罗出世》是一首关于重返天堂的诗歌。如何重返？当萨蒂经受了羞辱、苦难与忏悔后，终于赢得湿婆的心，真的灵魂便与善的灵魂结合了。如此一来，自由的真有了善的约束，英雄便诞生了，从无法无天的恶魔手里夺回了天堂。

在外界看来，印度在迦梨陀娑的时代，登上了文明的峰顶，而她也确乎在财富，文学和艺术上出类拔萃。然而从迦梨陀娑的诗歌中，明显可以感到财富的堆积与奢靡的享乐，是与净修林神圣的孤寂里流淌出的理想格格不入的。这些诗里传出一个声音，让我们警惕那个时代华丽的虚浮，如同喜马拉雅山的雪崩，正以缓慢的速度滑向毁灭的深渊。诗人拥有与超日王平起平坐的无比荣耀，却仍向往印度追寻灵魂向上的往昔，如此纯粹而天真。正是这样的渴望，促使他在这首叙事诗里返回罗怙世系的古代君王编年史，从中他追溯了这个引领着人类统治者的理想的上升与衰亡史。

月王帝利拔与王后苏妲希纳进入林中生活。伟大的君王忙于在隐居的茅庐里照料家畜。诗歌就在这样朴素克己的场景中开始了，但最终却结束在富丽堂皇的宫殿里，结束于奢靡的自我享乐之中。在诗人冷静克制的语言里，我们了解到君主的荣耀被冠以纯洁之名。他的诗歌开端，就如同一天的初始，沐浴在日出的宁静明朗之中。但结尾的色彩却是浮华的，如同夜晚将临，霞光万丈的夕阳显赫一时，然而最终被黑暗吞噬，光辉尽扫，归入黑夜。

在诗歌的开端与末尾，诗人的文字里隐隐传出净修林的声音。贯穿整个故事的理念便是，只有保持自我约束，纯净与舍弃的宁静氛围，未来方才辉煌闪耀。当欲望的烈火焚烧，呈现燎原之态，让旁观者目眩神迷，那么离最终的衰亡也就不远了。

迦梨陀娑几乎在他所有的作品里，都表现出显赫的君王恣意妄为的一面，和克制了欲望的宁静力量的另一面。即便在他的二流戏剧《摩罗维迦和火友王》里，我们也能发现换了一种表述的同样主题。我们绝不能认为，在这部戏剧里，诗人的目的是为了逢迎当时的国王，邀请他加入一场欲望和激情的文学狂欢。剧中开端的诗句点明了这部剧的主旨。诗人以这段祷文开始全剧：“让上帝，为我们照亮真理之路，扫除我们孕育于黑暗的情欲。”这便是湿婆神，他的天性里，永远地融合了雪山神女那禁欲的纯洁之爱。湿婆和雪山神女的结合，是男人和女人永久的婚姻爱情的完美象征。诗人以这种具有神性结合精神的祷文作为戏剧的发端，显然其中包含了他传递给他高贵的观众的讯息。全剧继而展示了背叛和残忍的丑陋，它们来自于不加抑制的自我放纵。在剧中，理念的冲突主要发生在国王阿耆尼密多罗与王后托丽尼之间，男女主角的名字里隐含的对比不容我们忽视。虽然阿耆尼密多罗是个历史人物，但这个名字在诗人的心目中象征着欲望泛滥的毁灭性力量，正如《罗怙世系》中的阿耆尼瓦尔那一般。“火之友”阿耆尼密多罗是个草率鲁莽的人，像玩火一样调情，全然不知这欲火要将他焚毁。而托丽尼则是个多么伟大的名字啊，代表了高尚灵魂的坚忍与宽容！它让我们联想到无比尊贵的爱，经过自我牺牲的净化，远远高于所有背叛带来的侮辱和可耻！

《沙恭达罗》里，通过浮华冷酷的王宫与自然纯洁的净修林的对比，理想的冲突依然贯穿全剧始终。全剧第一幕是一个打猎的场景，国王正在追赶一只鹿。在净修林里，原本一切生命都能寻求爱的庇护，这场残酷的追逐看起来就像是一个威胁，象征着王室生活与林中精神的冲撞。在林中居住者的恳求下，国王才将那天真美丽又无助的鹿给放生，这恳求实际是全剧的核心所在。“箭头永远，哦，永远都不是为了刺穿一只鹿的柔弱躯体而存在，正如烈火不是为了焚烧鲜花而存在。”

在《罗摩衍那》中，罗摩与他的同伴们，在被放逐的岁月里，不得不穿越一座又一座森林，住在树叶搭盖的小屋里，睡在光秃秃的地上。然而一旦当他们心中感受到与森林、山冈和溪流的亲密无间，在大自然里他们就不再颠沛流离。在不同理想熏陶下成长的诗人，很可能会用阴郁的色调描绘林中生活的苦难，浓墨重彩地渲染一种强烈的反差，以烘托出罗摩占陀罗的牺牲受难精神。但在《罗摩衍那》中，我们认识到主人公的崇高，不是通过他与自然的激烈搏斗，而是通过双方的和谐共处。伟大的王妃悉多，在林中小径前行。我们看到：

“她向罗摩询问那些开着花的林木藤蔓，都是她从前不曾见过的。在她的请求下，罗什曼那为她收集了各种各样花团锦簇的植物。看见林中流水，水面斑驳陆离，听见鸭叫鹭鸣，回荡在水边沙岸，这一切都叫她心荡神怡。

“在摩雅瓦蒂河畔怡人的漆茶库特峰，当罗摩头一次露宿在平坦的山坡上，他见到栖满鸟兽的森林，便全然忘记了自己远离故土之痛。”

久居山中的罗摩——那“山林的爱人”，有一天对悉多说道：

“每当我面朝山林之美，便不再有去国之痛，也不再为与友人的分离而苦闷不堪。”

罗摩占陀罗的流放岁月便这般结束了，如今他栖居在林中的隐居之所。罗摩与悉多互相扶持的爱情让他们紧密相连，不仅仅是彼此相连，更与宇宙的生命相连。因此，当悉多被劫走后，森林本身似乎都空荡不少。

三、

在莎士比亚和迦梨陀娑相类的那些戏剧里，我们发现了一条隐秘的脉络，即控诉宫廷的虚假生活——它充满忘恩负义的背叛和欺瞒。在他的戏剧中，几乎处处能见到外国场景，这类场景的引入与宫廷里野心勃勃的阴谋操纵紧密相关。这在《雅典的泰门》一剧中表现得相当明显，但让人奇怪的是，在剧中人类伤痕累累的心灵并没有得到大自然的任何抚慰。在《辛白林》里，山林与洞穴都是作为人生的障碍出现的。人们仅仅是相较宫廷里虚假生活的大起大落而言，才能够忍受在自然里生活。在《皆大欢喜》里，阿尔丁森林充满了说教的意味。它带来的不是平和，而是教诲，比如：

> 和虚饰的浮华相比，古老的习俗难道没有
> 使生活更为惬意？和勾心斗角的宫廷相比，
> 这片森林难道没有让人远离险境更加自由？

在《暴风雨》中，透过普洛斯彼罗对待埃里厄尔和卡利班的态度，我们看到了人同大自然的抗争，以及和她切断联系的渴望。在《麦克白》里，作为一场背叛与不忠的血腥罪行的序幕，我们看到了一片贫瘠的荒野，三个女巫作为自然的邪恶力量的人格化身出场。《李尔王》中，宫廷里扭曲的生活让女儿成为忘恩负义之徒，而父爱在盛怒下化为诅咒，荒

野里的暴风雨便是这诅咒的象征。即便触摸到自然的永恒，《哈姆莱特》和《奥赛罗》的刻骨悲痛并没有得到丝毫缓解。除了在《威尼斯商人》中的一幕爱情场景里，我们匆匆瞥见一眼月夜，大自然再也不曾在这一系列的其他戏剧中抛头露面，在人类的爱情乐章里贡献自己的旋律，包括《罗密欧与朱丽叶》和《安东尼与克里奥佩特拉》在内。《冬天的故事》里，疑忌心重的国王残酷又无情，自然在他的面前也畏葸不前，不能给人提供任何慰藉。

千万不要误认为我的这些评论意在贬低莎士比亚作为戏剧诗人的伟大，我只是想说明在他的作品里，自然与人性间有一条鸿沟，而这是由他的种族和时代所决定的。我们不能说，他的作品忽视了自然之美，只不过他没有认识到人类生命和宇宙生命相互交通的真谛。在后世的英国诗人，如华兹华斯和雪莱那里，我们发现了一种完全不同的观念。这主要归因于特定时期发生在欧洲的那场伟大的精神运动，通过对印度哲学的新发现，德国人的灵魂被搅动，继而影响其他的西方国家。

弥尔顿的《失乐园》表现的主题——人居住在天堂的花园里——似乎提供了一个特别的契机，能够阐明人与自然的关系是如此的真实伟大。但尽管诗人向我们描绘了这花园的美丽，尽管他向我们展示了住在那里的动物们彼此友好和睦，我们仍然看不到自然与人之间有任何实质的联系。这花园是为了人类的享乐而建，人类是园中一切的主宰。亚当和夏娃彼此间爱情的产生，我们完全循不到踪迹，不像我们在《鸠摩罗出世》和《沙恭达罗》里的爱情场景里看到的，爱意逐渐溢满男女主角的心头，又涌流向世间万物。在树荫下，亚当与夏娃在伊甸园里休憩——

鸟，兽，昆虫
皆不敢侵扰，这是它们对于人的敬畏。

并不是说印度否认人类的尊贵，而是说这尊贵在于和自然的亲密交融，而不在于完全的孤立隔绝。

四、

一切能够显示自然的秀美或壮丽的地方，印度人都认为那是庄严的圣地。这种原始的魅力与是否适宜耕种和定居没有任何关系。在这里，人是自由的，不是将自然视作供应生活必需品的来源，而是感到灵魂超越了自己。印度的喜马拉雅是神圣的，温迪亚山脉同样是神圣的。她的壮丽的江河是神圣的。摩纳娑湖、恒河、亚穆纳河是神圣的。印度饱含爱意地礼敬这伟大的自然，那里生长着她的儿女，光照让他们的双眼盈满喜悦，流水洗涤了他们的污浊，食物赋予他们生命，从自然的神秘庄严里的，不断流溢出音乐、芳香和色彩的无限启示，从而唤醒了人的灵魂。印度通过崇拜和灵魂的交流赢得整个宇宙；她推崇的自由的理念基于天人合一的实现。

在我最近一次赴欧洲的旅途中，我们的船离开亚丁湾向前航行，海洋夹在两块陆地之间，船的右侧是阿拉伯半岛贫瘠的红色岩礁，左侧则是埃及闪闪发亮的沙岸。在我看来，他们就像是一对巨人兄弟，彼此憎恶怒目相对，在他们的海洋母亲含泪的恳求下，他们才没有厮打成一团。

无边的静默在两侧的海岸延伸，但它们都分别向我诉说着两边上演的不同历史传奇。埃及的文明繁衍了很长的世纪，美术、雕塑、庙宇和仪式方面，生命的情感与表达都丰富而精巧。这个国家的守护神是一条高贵的河，流经大地的心脏地带，在两岸铺展开生命的欢筵。那里的人们永远不会竖起疏离的屏障，隔绝自己与世界其他地区。

而红海的对岸，文明在阿拉伯半岛贫瘠的土地上衍生，形成了与埃及文明全然迥异的特性。居住在那里的人类，感到自己在不友善的荒凉环境里孤立无依。上帝在他的眼里是猜疑戒备的。他自然而然会认为隔绝是事物的本质。战斗的精神在他内心苏醒，这种精神驱使他征战四方。这样两种文明恰好体现了人本性中最根本的分野。一个包蕴着征服精神，另一个则是友好精神。在人类存在中，两者都有自身的真理和目的。

我们的神话里描写了著名的两位圣贤各自不同的性格。一位是至富（Vasishtha），另一位是妙友（Vishvamitra）。他们都很伟大，但分别代表了两种不同类型且彼此冲突的智慧。妙友一心寻求权力的实现，并以此为荣；至富则受到权力粗暴的打击。但他的伤痛与损失都无法减损他的灵魂之光，他超越并宽恕了这一切。我们史诗里的伟大英雄罗摩占陀罗，从至富那里得到灵魂的启迪，获得了生命的内在宁静与圆满。而他从妙友那里则学会了战争，妙友让他除掉恶魔，并给了他无坚不摧的武器。

这两位圣人分别代表了文明的两种指导精神。难道两者之间果真无法调和吗？如果是这样，人类世界还是否能出现一个和平与协作的时代？创造是两种相反力量的融合——吸引的力量与排斥的力量。当它们并肩携手，一切战争与炮火都将变为花的微笑和鸟的歌唱。若是一方胜利一方被打倒，那么结果要么是冰冷僵硬的死亡，要么是爆炸式的自我毁灭。

长久以来，人类都忙于精神生活的一项伟大创造。最智慧的头脑，清规戒律，文学艺术，最高尚的老师的教导与献身，都是为此而忙碌。但是对于赋予一切创造以韵律的这对相反力量的调和，人类在他的文明中并没有让它变得完美，心中的造物主一次次地挫败。然而，他仍旧回到自己的工作上，忙得自顾不暇，在废墟之上搭建起新的世界。人类的历史就是不断毁灭再重生的历史。因此他必须铭记一个真理，实现了创造的奇迹的力量，通过把冲突的力带入“一”的和谐里，这力量并非激情，而是一种爱——在无限的快乐里能够接受自率的镣铐的爱，自身无穷的财富尽可以抛弃的爱。

东方与西方

一、

现如今，旅客搭车去远方并非总是饶有深意的兴趣爱好，更多时候是为了更方便快捷地到达目的地。由于缺乏时间，为了方便，我们只随身携带一些生活必需品，连同我们的旅行报告，一起装在带轮子的行李箱里。

由于无数自相矛盾、不断变化的事实，我们对同胞的认知正在不知不自觉中悄然发生变化。生活变幻无常、难有定数。我们无法给自己下一个完整的定义，因为知识不仅是学识，我们能知道的东西太多了。个性、好恶、悲喜、荣辱都是瞬间的感知。但客居异乡时，在并不那么尽善尽美的同情心作用下，我们会试图通过不断归纳总结来弥补自我认知的局限。当一个西方人来到东方世界，发现让他不快的事时，他会用以往的人生经验（常常被自己上升到不容置疑的真理高度）做价值评判，并轻率地得出刻板的结论。这如同一个人在强渡某些不利行船的河道时，对比驾船驶过乡间小溪的悠然自得，每个溅起的泥点和踩过的鹅卵石都会让他愤怒不已。

人类的智慧浩瀚无涯，却惯于狭隘。人生性怕麻烦，遇到一点不如意就会失去耐心，容易生气。人们对未来世界的理解也许仅停留在变出鬼魂的晨衣和拖鞋，希望打开自家大门的钥匙也能打开另一个世界家里的大门。对旅行者来说，如果习惯于惯性思维而懒于思考，一味沉溺于思想的安乐椅，那么他相当失败。惯性思维是局限造成的，而非生活本身。真实的生活就如同地球，表面凹凸不平，但仍是一个完整的圆。

现代社会拉近了我们的空间距离，却让我们更难触摸到彼此的真实。我们到一个从未生活过的陌生地方进行观察，若不是把当地人当做研究标本，我们几乎不可能遇见他们。我们渴望寻找能涵括一切的共性却忽略了个性。

如果我们习惯性地忽略从旅行中习得的同情心，习惯性地对陌生人麻木，那么性情很容易又偏执又残忍，同时又自私又自大。现如今已经出现了诸多案例，表明许多西方人不觉得自己对于亲人有什么义务。

处理不同种族的之间的问题不仅要依靠个人，还要依靠彼此间要么支持要么反对的相互理解，这已成为某种广为接受的社会共识。这种共识是我们在特定历史环境下形成的集体意识和集体情感。

譬如，种姓制度是印度的集体意识。当我们接近受这种集体意识影响的印度人时，他就不再是一个单纯个体，不能被简单地做是否有良知的价值判断。他差不多是个被动的介质，表达着整个社会的集体情感。

种姓制度显然不是被创造出来的，也几乎从未见诸律法，但它能靠某些无意识的手段调节人们的行为。它突出个体的负面性，强调个体是被孤立的个人。这种意识损害了对人类认知的真实性和完整性。

在西方，人们同样有一套集体意识遮蔽了他们的人性。让我试着解释一下我个人的感受吧。

二、

最近我参观了几处法国的战地，这些地方都被战争摧毁了。废墟之上宁静骇人，大地露出垂死挣扎的苦痛褶皱，僵硬地拱成丑陋的山脊——在我心中浮现出一个巨大的恶魔，没有形体，也没有意义，但它的双臂能够击打、折断和撕扯，血盆大口可以吞噬，膨胀的脑袋可以秘划阴谋。它是一个拥有生命实体的意念，却没有完备的人性与之调和。因为它是激情——属于生命，却没有生命的完整性——是最可怕的生命之敌。

当我意识到西方（西方总是对于我们怀有目的和计划，附加任何人性的成分都是累赘）对于东方生活产生的影响时，我感到了某种东西：程度不同，但一样让人压抑；面貌不同，却一样是废墟。

在日本，我体验到一种强烈的反差。这个国家里，旧世界展现出自身某种完美的理想，人们在艺术、仪式、宗教信仰和风俗习惯等方面有各式各样的机会流露自己的情感，体现出一种诗意的社会关系。为着生命赋予生命的友好，人们深感快乐。而就在同一片土地上，并肩立着一个现代世界，强大有力得惊人，却不再对人友好真诚。这是生存所迫，但其中生活理想的缺损最终只会给人类造成伤害。

西方世界功利主义的冷血触手蠕动着，缠绕在了东方世界柔嫩多汁的部位，造成的疼痛引起了东方国家的一致愤慨。西方人来到东方，不是怀着想象和同情，意在创造和融合，而是充满激情地入侵。这是权力和财富的激情，是一个纯粹的力量，以隔绝和冲突为其原则。

我很幸运，能够与西方国家的民众建立亲密的私谊，感受他们的悲伤，共享他们的希望。我因此了解，他们（甚至包括那些否认上帝存在的人）寻求的上帝，即是我的上帝。我确信，如果伟大的文明之光在欧洲熄灭，东方的地平线也会在黑暗里凭吊伤怀。当今时代，西方人被任命为世界的导师，通过掌握自然规律，西方的科学将人类灵魂从物质的黑暗地牢中解放出来，承认这一点并不会有损我的自尊。但另一方面，我也从中意识到西方国家里那些更为强烈、占主导地位的集体意识并不具有创造性。它随时准备奴役或扼杀个人，以毁灭灵魂的毒药麻醉一个伟大的民族，以致人昏迷的黑雾使他们的未来完全笼罩在黑暗之中，削弱全部种族的人类，使他们陷于彻底的无助。这是精神力量的极度匮乏，不能够协调与融合，这是崇高人性的缺失。

现代社会最重要的事件，便是东西方的相遇。人类历史上如此重要的一次会面，必须怀有某种宽厚的、富于创造性的崇高情感，才能富有成效。毫无疑问，上帝选中了西方的游侠骑士为当今时代服务，武器和盔甲已经交付他们。但他们是否形成了对于使命的忠诚之心，来抵御一切魔鬼的诱惑？今日的世界托付于西方手中。若他们不是为了人类的伟大创造去利用它，那么最终只会摧毁它。创造的材料掌握在科学手里，但创造的精神却在人类的精神理想之中。

三、

在我小的时候，一个陌生的欧洲人来到孟加拉。他在当地居民中间定居下来，与他们一样饮食简朴，并为他们提供免费的服务。他在当地的富户那里找到一份工作，教授他们法语和德语，挣来的钱都拿去给贫困学生购买书籍。为了尽可能的节省开支，他拒绝乘坐马车，这意味着他得在酷夏正午骄阳的炙烤下步行好几个钟头。他冷酷无情地榨取自己身上的一切资源——金钱、时间和力气——直到自己一无所有。他没有生在这片土地，却深爱着这里的人民，一切都为他们着想。他不是身负重任的传教士，从不占据道德的制高点，以居高临下的仁慈使人蒙羞。虽然他和我们语言不通，却时常出入于我们的集会和典礼，可他又怕自己成为不速之客，常常担忧是否因为无知而触犯我们的禁忌。在异域的气候和环境之下，他又总是过度操劳，身体终于垮了。他死了，根据他的遗愿，我们将他火葬了。

他的思想态度、生活方式和人生目标，他的谦逊，完全迥异于我们想象中的身在印度的欧洲人形象。他为了一个民族慷慨地牺牲自我，而这个民族甚至没有能力宣扬这善行，我们心中不禁涌起带有敬畏的爱意。

我们的心中都私藏一隅，建起专属的天堂。那些为我们的人生带来了圣洁之光的人，也许名不见经传，没有人知道他们，但关于他们的不灭记忆永驻我们的天堂。让我向你坦白，这个人便住在我私密的天堂中，永生不朽。

他来自瑞典，名叫翰玛格伦。他到孟加拉来的整个过程里，最引人注目的是来此的原因。在自己的国家，他碰巧读到我的伟大同胞拉姆·莫汉·罗伊的几部作品，无比钦佩他的才能和品性。拉姆·莫汉·罗伊生活在上世纪初，说他是现代时期不朽的人物之一，毫不夸张。这个瑞典的年轻人有不寻常的天赋，拥有远见卓识和同情心，促使他不顾时空阻隔和种族差异，前来亲证拉姆·莫汉·罗伊的伟大。他受到极大的感动，决心去这巨人诞生的国度，为她提供服务。他很穷，不得不在英格兰停留一段时间，直到挣够前往印度的旅费。最终他还是来了，远离家乡、亲人以及祖国的一切，不计后果地慷慨奉献他的爱，直至生命枯竭。他和我们一起的时间太短，生命之花还没有结果就已经凋谢。终其一生他都没有完成自己的心愿，以他微薄的收入创建一个拉姆·莫汉·罗伊纪念图书馆，如此也能在他身后留下一个忠诚奉献的可视象征。但我最看重这个欧洲青年的一点，不是他服务普通大众的善行，而是他对他们的尊重。这族人民生不逢时，很容易被人忽略或羞辱，但他却以平等的态度为他们服务。现代时期，这个瑞典的无名小辈第一次将西方的骑士礼仪，人类平等的友谊带到了我们国家。

当诺贝尔奖由瑞典颁给我的时候，这个巧合让我感到极为愉悦的惊喜。个人价值得到承认，无疑对我意义重大。但这也是西方承认东方为其合作者的表现，在文明的公共宝库里，东西方都能贡献各自的财富，这对于当今时代可谓意义非凡。这意味着人类世界跨洋的两半球从此携手并肩。

四、

今天，东方世界实际上仍未被真正发掘。愚昧的轻视比忽视更没有希望，因为轻视等于扑灭了火种，而忽视仅仅是没有点燃。东方人等待着被西方人理解，不仅为了表达他们真实的自己，也为了给他们来到世间的使命以自信。

在印度历史上，这种交汇出现在了穆斯林和印度教徒之中，于是产生了阿克巴①，他的梦想是统一理想和心灵。这种交汇蕴含了所有的宗教热忱，很快便产生了影响巨大的结果，

---

① 译注：阿克巴（Akbar，1542～1605），一译“亚格伯”，全名艾布·乌尔法特·哲拉鲁丁·穆罕默德·阿克巴。印度莫卧儿帝国第三代皇帝，著名的政治和宗教改革家，1556—1605年在位。在阿克巴统治下，印度达到空前的统一和繁荣。

甚至影响了他本人的一生。

但事实是，在与东方接触的若干个世纪之后，在西方人看来，在这个时代实现侠义理想已不再有那么巨大的热情。那里到处布满让人无法靠近的荆棘，让人们在国家主义中自我牺牲。在西方人中这种自我感觉良好的情绪不断蔓延，如同他们在争夺战利品时，为显露引以自豪的肉食者的牙齿而长嚎。

我们必须警惕在不知不觉中对任何国家中的独立个体产生不信任的想法。在西方国家中我遇见许多真实的事例，其中蕴含着人性中对公平和真理积极的爱，以及伟大的献身精神，这些都给予我深刻的启迪，并深深鼓舞了我。在我脑海中，我从未怀疑西方世界自有其伟大之处，不是它对于人类思维的非凡培养，而是致力于为他人谋福的奉献精神。因此我仅代表个人，为西方文明目前强调集体力量的主流意识形态感到伤心难过。这是一种激情，却不理智。这种意识形态给欧洲带来的成功越多，政府所承担的开销将越大，最终将到难以承受的地步，所需的开销之大是毋庸置疑的。欧洲人必须明白制度性的寄生会造成道德滑坡和堕落。这种制度在世界的两个大洲推行，而这两个大洲笨重得如同两条通人性的鲸。

让我引用《从开罗到开普敦》结束章中的摘抄句作例子。该书作者为格罗根先生和夏普先生，这是两位以格言和事例告诫读者的作者。在提到非洲人时，他们相当坦率。他们说：

“我们已经偷了他们的躯干，现在我们必须再偷他们的四肢。”这是两句表达得非常清晰的话，还带着令人愉悦的节拍。在后面的陈述中还有更为详尽的解释。其中作者为仅存的一点体面，用“强制劳动”代替了更赤裸裸的说法——“奴役”，虽然被埋没的良知让这点体面看上去稀薄如鬼魂。这就好像现代政客们熟练地使用“权限”代替“禁令”一般。“以某种形式强制劳动”，他们说，“是我们占领这个国家的必然结果。”他们还补充道：“这是可悲的，但这是历史必然。”由此暗示着道德感在人类历史上根本无足重轻。

在别处他们写道：“我们要么必须放弃国家的商品化，要么必须让非洲人干活。而且，只有那些提出我们目前陷入僵局，现实不可改变的人才会受到了辱骂。我们必须立刻做出决定，或者更确切地说，由南非白人决定。”作者同样承认他们看过世界上的太多事，“以至于对西方文明有益于当地人的说法，没有丝毫认同。”

作者的逻辑很简单——就是利己主义的逻辑，但论点因为被砍去了前提中更主要的部分而被大大简化了。比如这些作者只强调了南非白人的重要性，只考虑如何从鸵鸟毛和钻石矿中获取数不胜数的巨额财富，在这些不同肤色同胞的苦难和沉沦中，他们翩翩起舞。也许在他们看来，道德律法只是有着特殊驯化作用的工具，可以使被统治者能更容易接受统治，为当权者提供服务。但他们也许忽略了这一事实，异族人最容易因为经济和政治矛盾而自相残杀，最终灰溜溜地回到本国邻近的地方。他们忽略了暴饮暴食终将逃不过胃的清算。总之，人类是一种精神生物，不仅仅是翻滚在利益中的活钱袋。当人们踏着良知让经济腾飞的时候，会踩断了人类最重要的精神脊梁。

然而，这些情况以及持续了超过一个世纪了。而今，在昔日欧洲大陆的连绵战火中，每当我们试图解读未来，我们都会问自己那片无处不在的东方土地："那儿权力滥用的情况很严重吗？它能轻易地伤害我们到一无所有，但它能轻易地让我们生活优裕精神富足吗？它能签订和平条约，但它能给我们和平吗？"

大约两千年前的一天，强大的罗马在它东部偏远地区处决了一个平民教师。这名被处决在十字架上的教师来自一个由渔民组成的不知名的部落，而这一天，罗马总督吃得好睡得香。同样是这一天，一面充斥着痛苦、耻辱、死亡；另一面，却能看到人们在总督的宫殿里举行盛大的庆典。

今天呢？我们该向谁低头？

Kasmai devaya havisha vidhema?[1]

（我们该向哪位上帝供奉祭品？）

---

① 译注：该句为斯瓦西里语。

我们知道，在我们印度历史中有个例子。当一个人拥有伟大的人格时，无论他的生活还是语言，都在为所有生灵庄严的灵魂乐章定音。这音乐飘过海洋，翻过高山，漫过戈壁，不同气候、习俗、语言的种族都被融合在一起，不再干戈相向，不再有冲突和剥削，而是相处融洽，和谐共存。这才是天地万物的原貌。

曾有位西方诗人说住在东西方的人如同“永不相见的双生子”，这句话曾令我们感到困惑不解。而今我们思考这些问题时，一下就能明白其中寓意。的确如此，目前尚无任何迹象表明我们能够相见。但原因在于西方人没有以慈爱之心对待东方人，只是把他们当做机器。因此，这位诗人的诗句该被改成这样：

> 人始终是人，机器始终是机器，
>
> 二者永无结合日。

你一定知道繁文缛节永远不可能拉近人们的距离，官方的封口蜡永远不可能让人们彼此依赖，你也一定知道从信箱里接受恩惠是很痛苦的经历，还有忍受那些自视甚高的布告，他们从来只发命令从不说话。西方人存在于东方社会是个人类已存的事实。如果我们打算从中获取任何好处，所需要的就不仅是法律法规的叠加，或者系统的民事服务和军事服务。

人类是比上述需要要求更多的生物。如果他们有什么好的东西可以给我们，我们有天赋权力直接要求西方社会的人帮我们。这一点必须得到实现，不能把双方实力放在同一水平线上，先天条件优越的一方理应承担更多责任，做出更多牺牲。

我真诚而恳切地请求西方世界的诗人注意到你们，并请他用他最强有力的乐曲为你们吟唱。东西方曾寻找彼此，除了兵戎相见，一定可以通过理性的交流了解对方。他们可以右手握刀，左手执盾，盾牌在不伤害对方的同时也能保自己周全。

东方坐拥广袤的平原，冰雪覆顶的群山环绕其间。大江小溪川流不止，滋养着这片土地，最终向大海奔腾而去。那里骄阳似火，物质生活不再缤纷多彩，人们的欲求也大幅降低。那儿的人们灵魂安宁，试着与内心深处达成和谐一致。每一个静谧的日升日落，每一个繁星满天的夜晚，他们都可以直面无限，等待着宇宙奥秘给予心灵的启迪。曾有人顿悟般狂喜地说：

“你们这些上帝的子民，这些生活在天国的人们啊，请听我说。当阳光洒满大地的每个角落时，我明白了，那是上帝用他那普照众生的光辉驱散了黑暗，照耀万物。”

东方人有着永生的信仰，其灵魂曾感知到上帝。难道他们从未到西方世界向你描绘天国的景象？从未实现东西方事实上的统一？从未将二者统一在同一宗教信仰下，以普度众生的慈悲胸襟，将西方人也看做上帝的子民？

不，东方人曾经深深影响了西方世界的发展。这种统一之所以能实现，是因为东方人怀揣着创造新世界的理想来到西方，而不是毁灭道德的疯狂来到这里。对于宇宙无限的神秘意识，恰是东方人给西方人带来的一份大礼，而这正是西方人需要用它来平衡自己的地方。

另一方面，东方人必须在科学中找到自己的平衡点——科学是西方人带给东方的一份大礼。真理既需要在林间筑巢也要在天空翱翔。这巢便是精确的结构、严明的律法。尽管需要一次次修补完善甚至推倒重来，但对它的需求却从未停止，而且它总结出的定律通常恒久适用。许多个世纪以来，东方人都忽略了给真理筑巢，他们没有留心它的秘密。东方人只靠一只翅膀就试图穿越无涯的宇宙。他们拒绝降落大地，直到暴风雨给他们以沉重一击。他们的翅膀受了伤，身心俱疲，痛苦地等待救赎，但他们会被告知，天国的使者和真理之巢的建造者永无相会之日吗？

自由的精神

（来自纽约的一封信：写给作者的祖国同胞）

当自由不是一个能够赋予我们活动的勇气和创造的广度的内在理念，当它仅仅只是某种外部环境，就好比面对一个开放的空间，人们却被蒙住双眼。

据我最近在西方世界旅行的所见所闻，我感到在那里，作为理念的自由已变得软弱而无效。因此一股精神压抑和政治高压之风，正快速蔓延到那里的政治生活和人民的社会关系之中。

在君主制时代，国王生活在乌烟瘴气的阴谋里。法庭上的蜚短流长，嗡嗡飒飒没个尽头。为了操纵国王为己所用，意图不轨的朝臣们正密谋不休。

当今时代，阴谋扮演了更为多样的角色，影响波及整个国家。人民被虚假希望的大麻所麻醉，在人为制造的恐慌的驱策下，去做些蝇营狗苟之事；他们高等的情感通过旁门左道，被虚情假意的伪善所利用，他们的口袋在阿谀奉承的麻醉下被掏空，他们的真实心理在金钱和寡廉鲜耻的外交手段的共谋下受到影响。

在旧秩序下，国王给人一种印象，他是天底下最自由的人。毫无疑问，若是论外部的自由这一表象，他比其他任何人都要自由得多。然而他们为他建造的是一所华而不实的监狱。

同样的事情正发生在西方国家的人民身上。他们被阿谀之声所蒙蔽，相信他们是自由的，并且手握至高无上的权力。但这项权力被大群的利己主义者劫掠，马之所以被捕获进马厩，是因为它享有空间的自由。这一群氓心态允许人享受表面上的自由，与此同时真正的自由却处处受限。思想根据利益组织的考虑而捏塑成型；意识的选择和观点的形成受到阻碍，或是通过一些刑罚力量，或是通过谎言的不断暗示；人们被迫居住在由催眠的语言搭造的虚假世界之中。事实上，人民变成一座权力的宝库，引得一群投机商人蜂拥而至，秘密地在围墙上注资，用他们的阴谋诡计来剥削人民。

因此在西方世界的氛围里，我越来越明显地感到，自由的理想已经变得脆弱不堪。人们的心理状态和奴隶制社会时期并无二致，大量残缺的人被束缚在商业和政治的单调工作之上。这是种彼此怀疑和畏惧的心态。这个不人道和不公正的可怕的场景，对我们来说变得不再陌生，它是为了应对恐怖的一种心理的产物。没有哪种暴行的残酷比懦夫的残酷更为丑恶的了。那些将他们的灵魂献祭给逐利的激情和权力的迷醉之人，不断被恐慌和疑惧的幽冥追踪，因此即便是最无须畏惧的坏运气到来，他们也表现得十分残酷无情。他们变得在道义上无法允许他人同沐自由，并且在他们巴结权贵的热诚下，他们不仅纵容自己的同伙在政治赌博中造成的不公，而且亲自参与其中。不惜任何代价保护他们既得利益的永恒焦虑，向对自由和公正的热爱发起攻击，直到最终他们自愿放弃自己和他人的自由。

我在西方的经历，让我意识到金钱和有组织的宣传的巨大力量——伪装的大幕之后到处都在经营，制造出怀疑、怯懦和憎恶的氛围——这一经历给了我深深的启发，真正的自由是心灵和精神的；它永远不能从外部获取。只有自身从观念上热爱自由，并乐于给予他人自由，人才能真正的得到自由。希望拥有奴隶的人，很可能给自己套上枷锁；筑造围墙将他人驱逐在外的人，同时也围困住自己的自由；不信任他人的自由的人，也失去了自由的精神权利。或早或晚，他会被诱骗到身体和精神的奴性陷阱之中。

因此我将敦促自己的同胞，扪心自问一下，他们追求的是否是外部环境的自由。它仅仅是一个可以转让的商品吗？他们已经学会对于自由的真正热爱吗？他们信仰自由吗？他们准备好在他们的社会里留出空间，为了孩子们在理想的人性尊严下成长，不受不公正、不合理的条条款款的羁绊吗？

我们难道不是在我们的社会族群之间，煞费苦心地永远筑起了墙壁？我们固执地骄傲于它们的排他性。我们洋洋自得，在这个世界上，唯有我们对自己的社会成员进行了最终的分类，其他的社会都望尘莫及。然而在我们的政治风潮中，我们有意忽视了一点。在统治者和被统治者的关系里，任何足以羞辱我们的虚假冷酷，被人为地固定在军事迫害的威胁下时，会引发义愤。

在印度的全盛时期，她始创了不朽的思想，她的孩子们在寻求真理的道路上已经无所畏惧。印度人灵魂的伟大史诗——《摩诃婆罗多》——给了我们一幅生命丰盛的美妙图景，其中充满了探究和实验的自由。随着佛陀时代的到来，我们国家对人性的探索抵达最远的深度。由此产生的心灵的自由，在创造的财富中彰显自身，丰沃的思想蔓延至亚洲大陆的每一个角落。然而随着印度生命的退潮，创造的精神渐渐消逝。它风化成了一个拥有了无生趣的建筑的时代。多样而变通的社会中，有机的统一体让位给了传统秩序，这一秩序以其排斥性的无情律法证实了它的虚伪品性。

生活自有它的不平等，这一点我承认，但它们应合乎自然，并且与我们的生命机能和谐统一。头与脚各据两端，并非通过某种外部安排或任何阴谋的胁迫。如果身体被迫倒了个个儿，头永无可能行使脚的职责，但我们的社会等级区分也同样遵循了自然法则的必然性么？关于这个问题，若我们厚颜无耻地答“是”，那么我们怎么能去怪别的国家的人们，让我们从属于他们倾向于相信永存的政治秩序？

我们将人类挤压在一个僵化体系之内，强行把他们固定的时候，实则是忽视了生命与成长的法则。我们强迫生灵进入一个永久的被动状态，使他们无法按照自身的内在需求去塑造环境，掌握自己的命运。向我们堕落的黑暗时期借用我们的人生理想，我们灵魂的敏感已被我们覆上了遥远过去的稳固重量。我们已经开创了一个复杂精巧的牢笼崇拜仪式，拔去了我们的人民那灵魂的双翼上所有的羽毛。对我们来说——经过我们几个世纪的堕落和无礼，我们这沙聚之邦，在外部灾祸的侵袭下显得如此无助，加上内部缺乏理性的自我妨碍——惩罚是严厉的。我们是如此的麻木不仁，以至于我们甚至意识不到这持久的不幸，这长久以来困扰我们的前进步伐。而这不可能仅仅是一个历史的偶然，要等待外部的另一场偶然才能得到改变。

若我们不是真正地信仰自由，相信它的创造性，勇敢地面对所有的风险，那么我们不但失去了对政治自由提出要求的权利，而且我们还缺乏尽我们全力维持它的能力。这就像给一个坚定的无神论者分配侍奉上帝的任务。而人们轻蔑地像对待永远长不大的婴儿一样对待自己的兄弟姐妹，即使是他们个人生活中最微不足道的琐事，也永无可能相信他们能胜任——通过残酷迫害的威吓，对他们步步紧逼，让他们走上一条不知出路的死胡同，操纵他们中的一部分人，变得伪善和具有道德惰性—— 人们将会经历一次次的挫败，才能获得真正的、严肃的责任感。他们将不能保证政治自由的公正，不能为自由的事业而斗争。

西方文明中包蕴着机械的精神，而这是必须要移除的。人的生命如同燃料，不断产生蒸汽动力，供应这盲目的运转。它代表了惰性的积极方面，并呈现出自由的面貌，但这并非它的真相，由此引发了其边界内部和外部的奴役。印度目前的文明是一套具有约束力的模具。它将活人挤压在死板的规章制度里不能动弹，对个人自由的镇压，使它轻易便迫使各阶层形形色色的人们屈膝投降。在这两类传统中，生命献祭给了某个不是生活的东西；这是一种牺牲，又并非出于信仰上帝之故，因此徒劳无功。西方正在不断制造机械动力，超过其精神控制，而印度已经产生了一个机械控制系统，超过其生命力。

人生的亲证

个人和宇宙的关系

古希腊文明孕育于城墙之中。事实上，一切现代文明都诞生在砖块与泥浆垒筑的摇篮里。

这些砖墙在人类的心灵里烙下了深深的印记，使我们思想上建立起“分而治之”的原则。由是我们形成一种习惯，用加强防御工事、使之相互隔离的方法来巩固我们的胜利果实，于是国与国，知识与知识，人与自然都被隔绝开来。我们高筑起壁垒，对墙外的一切都疑心重重，若要进入我们的认可范围，一切事物都得经过一番鏖战。

最初的雅利安人入侵的时候，印度还是一片广袤的森林地带，新移民迅速地从中获利。森林成为他们的庇护所，以躲避烈日的炙烤和热带风暴的肆虐，还为牲畜提供牧草，为祭火准备燃料，为建造村舍贡献木材。不同的部落首领带领着各自的雅利安部族定居在不同的森林地带，森林为他们提供了特殊的便利，既是天然的防御屏障，又有充足的食物和水源。

就这样，印度的文明在森林里诞生了，这一起源和环境赋予它与众不同的特质。为自然的广阔生命所环绕，印度文明被她哺育，与她的方方面面进行最亲密频繁的交流。

人们或许会认为，这样的生活由于降低了存在的标准，往往愚钝人的智力，消磨人的斗志。但我们发现，古印度森林的生存环境并没有遮蔽人们的心灵，也没有削减活力的涌流，仅仅只是为人们指引了一条独特的路径。与不断更生的自然相交通，人们的心灵从开疆拓土的欲望中解放出来，不再建造壁垒围住自己的占有物。他的目的不再是获得，而是去亲证，通过与环境一同成长和与之交融来拓宽自己的意识疆界。他感到真理是涵括一切的，没有绝对的孤立存在，抵达真理的唯一方式是自我存在向一切对象的渗透。为了实现人和宇宙精神的伟大调和，古印度隐居森林的先贤们孜孜不倦。

后来，这些原始森林让位于耕地，富庶的城镇雨后春笋般四处兴起。几个强有力的王国建立起来，并与世界上一切强大政权遣使往来。但即便是在印度物质繁盛的时代，人们也不忘崇敬地回顾往昔，圣贤们艰难地自我亲证的理想和净修林里单纯生活的尊严，并从这智慧矿藏里汲取最好的养分。

西方人似乎陶醉在征服自然的想法里，仿佛我们生活在一个敌对的世界里，所需的一切都必须从不情愿的、与我们格格不入的自然手里强取豪夺。这一观点是城墙痼习不断在头脑里巩固的产物。城市生活使人们的思维天然地聚焦于自己的生活与工作，由此他们在自身和哺育了自己的宇宙自然之间竖起一道人工的屏障。

但印度人的观念是与之迥异的，他们认为人和世界都共同包蕴在一个伟大的真理之中。印度人强调个人和宇宙之间存在的和谐，认为环境若是完全异质的，那么我们绝对不可能与它有任何交流。人类之所以抱怨自然，是因为他不得不通过自己的辛劳获取大部分的必需品。的确如此，但他的努力绝不是徒劳，每一天他都在收获胜利果实。这表明人与自然之间有着合理的联系，因为除非事物与我们真正关联，不然我们永远也不可能将它们变成我们自己的。

我们可以用两种不同的观点看待同一条路。一种观点认为它将我们和目的地分开，这种情况下，我们会将旅途的每一步视作以强力冲破障碍的努力。另一种观点则认为这条路在指引着我们通往目的地，如此一来它也成为我们目标的一部分，踏上旅途已然是胜利的开端，旅程结束我们获得的亦是它向我们提供的一切。这后一种观点就是印度看待自然的观点。对她而言，我们与自然和谐交融是伟大的事实。人类能够思考是因为他的思想渗透万物，人类能够据自然的力量为己用，只不过因为他的力量和宇宙的力量相协调，而他的目的终究不可能和贯穿自然的目的相违背。

西方人普遍感到，自然原本专属于无生命的东西和兽类，突然间裂开一道不可思议的缝隙，人类的本性便肇始于此。按照这一看法，所有低等的物种都只是自然，一切在智力或道德方面完善的，便是人类的本性。这就好比把蓓蕾和鲜花分成独立的两类，将它们的美德归功于两种不同的、对立的本质。但印度人在承认其与自然的亲密关系、与万物不间断的联系时从不迟疑。

对于印度人来说，宇宙的根本融合不仅是哲理思考，还是人生目的，他们在情感与行动中亲证这伟大的和谐。通过冥想和仪式，通过对生活的校准，他们以万物皆有灵的方式培养起自己的意识。对印度人而言，大地、流水、阳光、果实和鲜花不只是物理现象，供人取用，然后弃置一旁。为了实现关于完美的理想，它们不可或缺，正如一首完整的乐曲里每一个音符都必不可少。凭着一股直觉，印度人感到这个世界的本质对于人类至关重要。我们必须对它足够重视，与之建立精神的关联，不仅仅受到科学方面的好奇心或物质利益的贪念驱使，还要怀着极大的欢愉和宁静，以同情的精神去亲证它。

在某个方面，研究科学的人明白，世界不仅是我们感知到的模样。他们知道陆地与海洋其实是力的作用，最后在我们面前呈现出陆地与海洋的面貌——如何作用的？我们也只能部分地理解。同样，灵智之人明白陆地与海洋的终极真理有赖于我们对于永恒意志的理解，永恒意志有节奏地运转，成形为表象之下作用的力。这不是自然科学般纯粹的知识，而是灵魂对于灵魂的感知。这也不会像知识一样赋予我们权力，而是给予我们快乐，这快乐源自与万物结合的亲缘关系。用灵魂感知世界的人在自然现象中发现的一切，是一个仅具科学头脑的人永远不可能理解的。流水触碰到了他的灵魂，因此不但能清洁他的肢体，还能净化他的心灵；大地和人的接触不仅是身体的接触，因而不但能承受他的身躯，还能使他感到欣悦——它们都是生命的存在。若一个人意识不到他与世界的亲近，他就住进了一间四壁陌生的牢房。当他在万物之中遇见永恒的灵魂时，他方才发现自己所在的这个世界最完整的意义，发现自身处在完美的真理之中，并与万物建立起协调的关系，那时他便重获自由。在印度，人们被教导得充分意识到自己与周遭事物身体与灵魂上最密切的关系。他们向朝阳、流水和丰饶的大地致意，将它们视作同一个真理的显现，而他们自身也处于这真理的怀抱之中。这样，我们每日冥想时默诵的《迦雅特里》，被认为是一切《吠陀经》的缩影。在它的帮助下，我们试着领悟宇宙和人的意识灵魂本质上是统一的，我们学着理解万物在唯一的永恒灵魂下结合在一起。正是永恒灵魂的力量创造出大地、天空、星辰，同时以一道意识之光启迪我们的心智，这意识在与外界完整的统一中存在着、运动着。

印度人并非倾向于漠视不同事物间的价值差异，他们知道没有这种差异就没法生存下去。他们也从未忘记过人类在一切生物中所处的优越地位。但关于这种优越性究竟体现在何处，他们有自己的想法：不在于占有的力量，而在于联合的力量。因此只要是极为庄严壮美的地方，都会被印度人选作朝拜的圣地。在那里，他们的心灵从狭隘的物质世界中得到解脱，认识到自己在无限中的位置。这就是为什么在印度，曾经是肉食者的人们，不再以动物为食，以培养对于生命的普世同情，成为人类历史上独一无二的事件。

印度人明白，通过物质和精神的壁垒，我们强行使自己与无尽的自然生命隔绝。当我们仅仅是孤立的人，而非宇宙中的人时，令人困惑的难题就产生了。在切断了解决问题的源泉之后，我们尝试各种各样的人为方法，而每一样方法又各自带来了无穷无尽的麻烦。人一旦离开了他在宇宙中的栖居地，走上人类孤单的绳索，只会走得摇摇晃晃甚或跌落下来，每一步他都绷紧了神经和肌肉以保持平衡，在疲惫的间隙，想到自己受到万物不公的对待，他不禁怒斥上帝，内心便隐隐地感到自豪与满足。

但这毕竟难以为继。人类必须认识到自我存在的完整性，以及他在无限中所处的位置。他必须了解，无论他如何奋发努力，都不能在自己的蜂巢里采到花蜜，生命永恒的补给存在于蜂房之外的世界。他得知道，人类若封闭自己，与充满活力和纯净的无限断绝来往，只依靠一己之力维持生计和健康，他会变得疯狂，将自己撕成碎片，然后吃自己的肉。剥离自然的整体背景，人类的穷困连单纯这唯一的优点也失去了，变得卑劣可耻。人类的财富也不再宽宏，而是变得奢侈。人类的欲望不再是人生的辅助，固守在目的界限之内，而是变成目的本身，点燃生命的欲火，在骇人的火光中奏乐助兴。于是在自我表达中，我们尝试着去恐吓别人而不是吸引别人；在艺术领域，我们寻求创意却忽略了历久弥新的真理；在文学领域，我们缺少对于人的单纯却伟大的完整看法。由于展示在人为的炫目强光里，人类显得异乎寻常，看起来就像精神发生变异或成为强烈激情的化身。当人的意识是仅局限在他人性的自我附近时，本性中更深的根基无法找到永久的土壤，人的精神就永远挣扎在饥饿的边缘，只得追求刺激来保持健康的假象。那时，人类就闭上了心灵之眼，以体积的庞大来衡量伟大，而非与无限的有力联结；以自己的运动来评判行为，而非完美的宁静——星空中的宁静，永恒的万物之舞的宁静。

印度最早的入侵者和侵入美洲的欧洲移民十分相类。他们也面临原始森林的开垦、与土著民族的激烈争斗这些问题。但在美洲人与人，人与自然之间的斗争持续到最后，从未达成任何妥协。在印度，蛮夷居住的森林成为贤明修行的圣地，但在美洲，自然这伟大而生机勃勃的教堂对人类来说并没有更深刻的意义。森林给人带来财富和权力，或许有时还有助于人们美的享受，激发某位孤独诗人的灵感。但是人们内心永远不会对森林产生神圣的联想，将其视作人类灵魂和宇宙灵魂相遇并调和的伟大场所。

我一刻也不希望表明，事情原该是另一番模样。如果历史在各地以同样的方式重演，那是彻底地浪费时机。各地居民把他们多元的产品带到人类市场上交易，大家各取所需，对于精神的贸易往来才是最有利的。我想说的是，印度早期与其所处环境的特别结合，对其历史的发展影响深远。她把握住良机，苦思冥想，奋发修行，潜入存在的深层，并收获了一些成果。对于经历了全然不同的历史进程的人们来说，这些成果的确是有其价值的。人类为了健全地成长，需要构成他复杂生命的一切生活要素，这就是为什么他的食物必须培育自不同的土壤，取自不同的源泉。

文明是各国忙于打造的一个模具，用以塑造最理想的国民。所有的公共机构、立法机关、奖惩制度，有意和无意的教导都旨在达成这一目标。西方现代文明通过完整的系统化努力，试图在体能、智能和道德方面培育出完美的国民。因而这些国家大量的精力都用于向外拓展人的力量，人们发挥全部的才干去谋求一切力量所及的东西，去克服征服道路上的一切障碍。

他们不断操练自己，好对抗自然和其他种族，他们的军备力量日益强大，他们的机器、设备、机构以惊人的速度持续倍增。毫无疑问，他们成就非凡，达成了人类凌驾于万物之上的目的，这是人的征服力战无不胜的绝佳体现。

古老的印度文明拥有自己的完美理想，它的一切努力都朝向这个理想。它的目的不是谋取权力和尽可能地培养能力，不是为了攻防的目的去组织人民，也不是为了获得财富和占据军事、政治上的优势而合作。印度试图实现的这一理想，引导她最优秀的子民过上了一种孤独的冥想生活。通过参透现实的奥秘，她为人类积聚起珍宝，却在世俗成功的领域里付出了高昂代价。然而，这同样是丰功伟绩——这是无涯的人类抱负的至高体现，它的目标完全是对于无限的亲证。

印度不乏有德、有智、有勇之士，也有政客、国王和皇帝，但在所有这些人之中，她尊崇和选择哪一位作为万民的表率呢?

她选择了圣人。圣人是什么人?“他们是以盛满智慧的头脑获得最高灵魂的人；是发现自己与这最高灵魂融合，内在自我与之完美和谐的人；是内心完全摆脱了私欲，亲证最高灵魂的人；是在尘世的一切活动中感知到最高灵魂并且已臻安宁之境的人。圣人全面抵达至高无上的神灵，进入宇宙生命之中，与森罗万象结合，已然找到了永恒的宁静。”（《蒙达迦奥义书》III2，5）

如此，我们认识到与万物之间的联系，通过与神的结合进入万物，这在印度被认为是人类的终极目的和人性的实现。

人类可以摧毁掠夺，赚取积聚，发明和发现，但他的伟大在于灵魂的包藏万物。他若将自己的灵魂封存在一惯冷酷的死气沉沉的硬壳里，龙卷风般陷入盲目狂热的工作旋流，被卷起的沙尘遮盖视线，人类便要遭致可怕的毁灭。这实际是扼杀了他的生命精神，即包容的精神。本质上人既非自己的，也非世界的奴隶，而是恋人。通过爱他才获得自由和成就，爱的别名便是包藏万物。通过这种包容的力量，对于生命的渗透力，他与无所不在的精神相结合，他的灵魂与之同呼吸。一个人若想以推挤他人的方式追求卓越，总想要与众不同，在别人面前夸耀自己，那就与包容的精神背道而驰了。这就是为何《奥义书》将那些实现了人生目标的人描述为“宁静”“与上帝合一”，这意味着他们处在人与自然完美和谐的状态中，与上帝达成不被打扰的统一。

我们在耶稣的教义中也曾读到过同样的真理，他说：“要想让富人进天堂，比骆驼穿过针眼还要难。”指的是我们为了敛财使自身脱离了他人，追求财物就是我们的局限所在。嗜财如命者，会不断地自我膨胀，因而被完满和谐、容纳一切的精神世界拒之门外，只能将自己囚禁于他所攫取的所有物的狭小砖墙之内。

所以《奥义书》劝导世人的精神在于：为了追寻上帝你必须拥抱万物。而贪图蝇头小利却在事实上放弃万物，这不是亲证完美上帝所应有的方式。

直接或间接受益于《奥义书》的某些欧洲近代哲学家，他们不但没有意识到他们所获得的裨益，反而妄言印度的“梵”只不过是一种抽象概念，是对于当今世上的一切的否定。一言以蔽之，他们觉得无限的存在只能在形而上的玄学中找到，不存在于其他任何地方。这种学说大概在我国的一些地方也曾流行，甚至有的还在盛行。但这必然是与印度人骨子里的思想相左的。相反，对万物中的无限存在给予肯定才是印度人的传统，业已成为印度人恒久的灵感。

我们曾被教导说：“无论何物，但存于世，即被上帝围绕。”（《伊莎奥义书》Ⅰ）

“我一次次地向存于水火之中的上帝、向遍布于世的上帝、向存于每年的收获和常青之树中的上帝膜拜。”（《白骡奥义书》Ⅱ．17）

我们能把上帝从这世界中抽象出来吗？相反地，我们不仅能从万物中窥见它，而且要在世上万物中膜拜它。《奥义书》中怀有上帝意识的人对宇宙抱有深深的崇拜之情。他们所崇拜的对象是无所不在的。正是这种唯一的生动的真理使得现实变得真切。这种真实不仅是认知的真理，而且是关于奉献的真理。“南无南无”，无论何处我们都对它反复膜拜。我们在圣贤不期而发的感情中认识这种真理。贤者在蓦然的狂喜中向世界宣称：“听我说，不朽精神的子民们，居于天堂

中的人们，我已经认识了超人，他的光芒直照前方，穿透了黑暗。”（《白骡奥义书》Ⅱ5，Ⅲ8）

佛陀在《奥义书》的实践方面有所发展。宣扬了同样的教义。他们说：“对于上下、左右、远近、可见或不可见的的万物，你都应当抱有无限热爱，不应有怨恨和杀戮之心，你或站或走，或坐或躺，直到入眠，都要在这样的意识状态中生活。这是梵天，或者换言之，你只有在梵的精神中栖息行动，你才能享有你的愉悦。”

这种精神是什么呢？《奥义书》中说：“它本质上是万物的生命和光辉，它是世界意识，是梵。”（《广林奥义书》Ⅱ5，10、Ⅱ5，19）去感受和意识到一切，这就是梵的精神所在。我们的肉与灵都已沉浸在梵的意识中。通过梵的意识，太阳吸引着地球；通过梵的意识，光波在星球间传输。

不仅仅在宇宙空间里，这中生命和光辉、感知一切的存在同样出现在我们的灵魂之中，它是宇宙空间和广阔的世界中的全知者，也是我们灵魂和内心世界里的全知者。

因此要想获得我们的世界意识，就必须使我们的感情与无所不在的无限感情相结合。事实上，人类唯一真正的进步就是和这广阔空间的感情相吻合。我们全部的诗歌、科学、哲学、艺术和宗教都在为我们的意识朝着更高阔的领域而服务。人类并非通过占有更多的空间而获取权力，也不是通过外在行为来获得，只有在人类维系真实的范围之内，才能使自身的权力得到扩展。而他的真实性就是根据他的意识范围来衡量的。

无论如何，为了获取意识的自由，我们不得不付出一定的代价。这种代价是什么呢？是放弃个体的自我。只有否定自我，我们的灵魂才能参悟真正的自我。《奥义书》中说："你欲有所得，必有所弃。你不应贪婪。"（《伊莎奥义书》Ⅰ）

意欲增强自己力量的人往往忽视其他东西。较之自我，世上的其他东西都是不真实的。因而想要完全感悟万物的真实，人必须挣脱个人私欲的藩篱。我们必须进行的这种修行旨在承担社会义务——分担同胞们肩上的重责。为了获得更高生命的每一份努力都要求人"有所弃以有所得，莫贪婪"，因此，逐渐延伸个体的意识，使之融万物于一体，是人类努力的方向所在。

在印度，无限并非缺乏内容的、空泛的无物。印度先哲曾毅然断言："有生之年去了解上帝，人就是真实的；若不能去了解它，人就如同死亡般孤寂。"（《由谁奥义书》Ⅱ，5）那么，如何去知晓它呢？"要在个体和万物中去亲证它。"（同上）不仅在自然界，而且要在家庭、社会、国家之中体验，我们在万物中亲证世界意识越深入，于我们就越有裨益。倘若无法亲证，等待我们的将是毁灭。

当我想起在远古时代，我们的诗人先哲站在印度天空充足的阳光下，对这个世界致以愉悦、亲切的问候时，我就对人类的未来感到巨大的欢欣和高度的希望。这并不是一种将世界拟人的幻想，这也并非将人视为投射于各处的荒诞的夸大的意象，从而见证人类的戏剧在光影迅速跳动的大自然舞台上演出。相反，它预示着穿越了个体的界限，成为超越了个人、与万物合一的人，它不只是想象物的表演，而是意识从被全然神秘化、夸大了的自我中得以解放。这些远古先知门的内心深处感觉到：这种颤动着的、化为宇宙无限形式的能量，同样以意识的表现形式存现于我们的内心之中，而且没有对统一性造成破坏。对于这些先知来说，他们明智完美的视野中，瞧不见一丝缝隙。他们甚至绝不会将死亡视作现实中烙下的裂痕。他们说："它反映的是死亡也是不朽。"（《尼里心诃奥义书》Ⅱ，4）他们不承认在死与生之间有根本的对立。他们毅然断言："生就是死。"（《阿闼婆吠陀》Ⅻ4，11）他们以同样的宁静愉悦赞扬道："生命有显现的一面和消逝的一面。"——"过去在生命中消逝，也蕴含着未来的将至。"（《阿闼婆吠陀》Ⅺ2，15　Ⅻ4，15）他们明白生命的显现和消逝如同海上的波浪一样是表面的，唯有永久的生命不曾朽坏或是消减。

"万物从不朽的生命中涌现并随之而震颤。"（《羯塔奥义书》Ⅱ6，2）

"因为生命浩瀚无涯。"（《阿闼婆吠陀》Ⅺ4，2）

意识的至高自由的理想是我们祖先的宝贵遗产，等待着我们去继承。它不仅仅是理智的或情感的，还有一个道德基础，并且必须转化为行动。《奥义书》中说道:“至高的存在渗透万物，因此他是万物中与生俱来的善。”真正在知识、爱和服务中与万物结合，从而在梵天中亲证自我本性中的善，便是《奥义书》教诲的真义所在:“生命是浩瀚无涯的!”

美的亲证

我们不能从中获取快乐的事物，既是我们不惜一切代价想要摆脱的心灵负担，又因其有用而与我们自身有着暂时的、局部的关联。它们的效用一旦失去，就变成了我们的累赘。它们就像是游荡的流浪汉，在我们的认知范围之外闲逛片刻，就径自离开了。只有当一样东西对于我们来说是快乐的存在时，它才是全然属于我们自己的。

这个世界的大部分对我们而言形同乌有。但我们不能听任情况这样持续下去，因为它会使我们变得渺小。整个世界都被赐予我们，我们的所有力量在信念上都有其决定性的意义——依靠它们的帮助我们才能拥有我们的财产。

那么在意识延伸的过程中，我们的美感发挥的作用是怎么样的呢？莫非是把真实区分为强烈的光明和阴影？还是将美好和丑恶不可调和的矛盾大白于我们面前呢？若真是如此，我们就必须承认美感在我们的宇宙中缔造了冲突，并且在一物通向万物的大路上树起了一道阻碍的墙。

但事实并非如此。只要我们的认识不是完全的，在已知和未知、愉悦和不愉悦的事物间就必然存在着区别。但是无论某些哲学家如何下结论，他的认知世界都不会接受任何武断和绝对的界限。每一天他的科学都深入到他的地图上那些被正式标记为“尚未探索”或是“不可探知”的领域中。我们的美感也如这般推进着它的探索进程。真理无处不在，因而一切事物都是我们任职的对象。美无所不在，所以一切事物都能给予我们快乐。

在人类早期的历史中，我们将一切都视为某种生命现象。人类的生命科学发端于生命和非生命建立起的尖锐对立。但随着其进程的愈发深入，动物与非动物的界限也变得越来越模糊起来。在我们认知的伊始，这种清晰的分界线对我们是有裨益的，然而当我们的认知越来越清楚，它们也就逐渐式微了。

《奥义书》中曾说，万物是由无极的欢乐所创造和维持的。为了证实这个造物法则，我们必须从一种区别入手——美和非美的区别。而后美的认识才能挟着遒劲的风将我们的意识从古老的昏睡中唤醒，借助这种强烈的反差来实现它的目标。因此我们与美的初次邂逅在于它色彩斑斓的外衣，用它的条纹和羽毛，连同它的缺陷和不足都感染着我们。但当我们的认知成熟之际，这种芜杂也被融入为韵律的和谐。最初我们将美从周遭环境抽离，将它与其余事物相分割，但最终我们还是意识到它与万物是和谐的。此时音乐不必再用高亢的噪声使得我们振奋；美摒弃了暴力，转而用“温柔者承继土地”的真理来感召我们的心灵。

在我们成长的某个时期，在我们历史的某个片段，我们试图建立一种对于美的特殊的崇拜，把美缩小到一个狭小的畛域之内，好使得它成为我们甄选出的少数引以为傲的事物之一。此后它就在充斥着信徒崇拜的情感和夸饰的氛围中生长，正如印度文化衰落时期的婆罗门给予它的遭际一样。当对于较高真理的洞察离我们远去的时候，迷信也就有恃无恐地滋长起来。

在美学史上也曾有过一段解放时期，那时我们易于在伟大和平凡事物中发现美，我们更多地在平凡事物的朴素和谐中发掘到美，而非从奇异事物的特异诡怪中寻找。相应的，我们在表现美的过程中，我们力图避免明显的令人欢愉的、被世俗加以赞誉的事物的时候，我们不得不经历反动的阶段。我们被诱导，去蔑视那些将平凡之物的平凡之处夸大从而使之特出的行为。为了重归和谐，我们创造了不和谐，这是一切反动的特征。在当代我们已经捕捉到美学反动的迹象，它证明了人类最终会认识到正是感觉的狭隘性将人类的美学意识领域武断地划分为美与丑。当人类有能力将事物从自利性和对于感官欲望的追求中抽离出来的时候，才能拥有真正的、无所不在的对于美的见解。只有那时人们才能明白对于我们来说，让我们不快的东西不一定是丑，也可能是现实中存在着的美。

当我们断言美无处不在的时候，并不意味着要把“丑”这个词从我们的语言中根除。正如说“虚假的东西不存在”是荒谬的，虚假的东西当然存在，它不在宇宙万物的体系里，而是存于我们的理解能力之中，扮演着消极的角色。与之相同的是，在我们的生活和艺术中，对于美的歪曲的表述中存在着丑，它源于我们对于真理的不完美的理解。从某种程度上说，我们既然可以让生活与自己和万物中的真理法则相违背，同样我们也能违反普遍永恒的和谐法则来引起丑陋。

通过对真理的感知，我们认识到造物的规律；借助我们的美感，我们感悟到寰宇中的和谐。当认识了自然规律，我们增强了驾驭自然的能力，变得无比强大；当认识到我们内在的道德准则，我们增强了自律性，变得更为自由。同样我们对物质世界中的和谐理解地更透彻，我们的生命就能分享更多创造的喜乐。我们对于艺术中美的表现就变得更真切而普遍。当我们意识到我们灵魂之中的和谐时，我们对于世界上精神极乐的理解就变得更普遍。我们生命中对于美的表现就在善与爱中向着无限进发。这是我们存在的终极目标。因此我们必须永远懂得“美是真，真即美”。我们必须用爱来领悟这个世界，因为是爱孕育和维持了这个世界，并又使它回到爱的胸怀之中。我们必须拥有心灵的完满解放，它赋予我伫立在万物中心的力量，使我们体味到属于梵的完满的无私的欢乐。

音乐是艺术最纯粹的形式，因而是美的最直接的表达。它固有的形式和精神唯一而简约，很少为外物所叨扰。我们似乎感受到音乐本身的形式有限，所表现出的却是静默的、可见的无限。夜空不知疲倦地再现着熠熠生辉的星座，仿佛是一个孩子惊奇地发现了自己初次发音的秘密，一遍又一遍地呢喃着同样的词汇，并且听得不厌其烦。在七月的雨夜，沉厚的黑暗笼罩着草地，滴滴答答的雨声为静默酣睡中的土地拉开层层帷幕，这种单调的滴答雨声似乎本身就是这黑夜的声音。树木浓密相间的枝条错落成的阴影；长满刺的灌木林零散地长在裸露的荒原上，如同满头湿发的泳者浮在水面上的头。浸湿的的草坪和潮润的泥土的气息；矗立在乡村小屋环绕之中的是黑暗朦胧的寺庙塔尖——这一切好似都是从夜的中心飘出的乐章，在单调而不停歇的雨声中混杂迷失，填满夜空。

因此真正的诗人，他们是先知，寻觅着用音乐的形式来表达宇宙万物。

他们极少用绘画的符号来表现多种形式的展开，用无尽的线条颜色的杂糅，在蓝天的画布上驰骋。

这是有稽可考的，因为画家必须具备画布、画刷和调色盒。画刷最初的笔触远非体现完满的思想。而完工以后艺术家离开，孤独的画布被置于一旁，造物者因爱惜而不断摸索的双手才收了回去。

而歌者的内心拥有万物。他真切的生命本身就孕育了乐章，它们并非源自外界素材的积累。歌者的思想和表现力好似兄妹；事实上，它们时常就是孪生的。音乐中心灵的启示是直接的；它摒除了诸多外界因素的干扰。

因此尽管音乐和其他艺术形式一样有待完善，但它走出的每一步都奉献出完满的美。作为表现的材料而言，连语言都成了一种累赘，因为后者的的意义必须经由思想来阐述。但音乐从不倚仗任何明确的意义；它表现的是言辞所不能表达之物。

更重要的是，音乐和音乐家是不可分割的。当音乐家离开后，他的歌吟也随之消逝；歌声和它主人的生命和欢愉永为一体。

这宇宙之歌绝不会与它的歌者分开片刻，也不会为任何外物所左右。歌者自身的愉悦带来歌曲无穷无尽的形式。伟大的心灵发出的响动震颤了整个天空。

在这段音乐的每一个独立的的乐章中都存在着完美，在不完全中体现了完全。其中没有一段乐章宣告完结，但每一段都昭示着无限。

即便我们无法得知这伟大的和谐的确切意义又如何？难

道不正像是以手抚弦时将全部曲调一触即发吗？来自世界中心直达我们心灵深处的是美的语言，是温柔的爱抚。

昨夜，我独立于弥漫着静谧的黑暗中，倾听着永恒旋律的妙音，当我留着脑海中最后的思绪即将入眠，甚至是在半梦半醒的无意识状态下，生命之舞仍然在我沉睡的躯体舞台上继续着，同星辰齐步。心脏仍在跳动，血液仍在血管中流淌，我身体中数以万计生机勃勃的原子将会随着它们主人拨动的琴弦唤起的乐音而颤动。

无限的亲证

《奥义书》中说："人一生中若能理解上帝，那么他就是真实的；若无法理解，对他来说就是最大的不幸。"

但什么是理解上帝的本质呢？可以肯定的是，无限不同于诸多事物中的一种，能在我们的财产中被分类和保留，来当做我们在政治、战争、牟利或是社会竞争中的附庸。我们不能把上帝同我们的消暑别墅、摩托车和银行存款混为一谈，许多人都有这么理解的趋势。

我们必须努力懂得一个渴望上帝的灵魂，其愿望所具有的真正特性。它是否取决于增加财产（无论多少）的愿望呢？当然不是。不断增加我们的积蓄是一项无止境的令人生厌的工作。事实上，当灵魂追寻上帝的时候，她找寻的是对于这种不断的、无止境的敛聚和堆积的永久逃避。她寻求的并非增加某种东西，而是在外物的变换中找寻不变，这永恒和万物的欢愉的统一。所以当《奥义书》训导我们于梵中认识万物的时候，不是要我们去寻一些额外之物，也不是去生造一些的新的事物。

“须知上帝包容着寰宇中万物，任何享乐皆为上帝所赐予，心中切不可怀有贪念他人财物之思。”（《伊莎奥义书》）

当你领悟到无论何处皆有神在，无论何物皆是神赐予你的时候，你就能从有限中领悟无限，从赐予之中心系给予之人。那时你就懂得现实中的万物在表现唯一的真理时，都有他们唯一的意义，你的所有物对你来说都有唯一的重要性。这些都并不在它们自身之中，而是在它们和无限所建立起的关系之中。

故而我们不能如同发现了其他事物一样轻言发现了梵。在找寻梵的过程中并不存在一物优于另一物、一地取代另一地的问题。我们无须为了观赏晨光而奔向食品店，睁眼之处即是晨光。所以我们只要贡献私我就能发现梵无处不在。

这就是为何佛陀劝诫我们要从自我生命的束缚中释放自己。若没有更加正面完美的、令人满意的事物取代私我，这劝诫就会变得毫无意义。没有人会严肃地考虑这个忠告，更没有人会对它产生热情。无论如何，人们不会一无所得就无故放弃一切。

事实上我们每天对于上帝的礼拜，都不是慢慢获得他的过程，而是每一天都舍弃私我，摒弃一切障碍和阻拦的过程。它使我们的意识在献身和服务中、善和爱的进程中延伸至上帝的意识。

《奥义书》中说：“在梵中失去一切，正如箭已中的。”因而必须意识到在梵包容中的生命，并不只是一种精神专注的行为，它更须是我们整个生命的目标。在我们所思所行中，必须意识到无限的存在。在生命中的每一天，让真理的亲证变得容易，“若满载着喜悦的活力没有填满天空，人就不可能自由生活或行动。”就让我们在一切行动中感受这无限动力给我们的冲击和喜乐吧！

也许有人会说无限是我们望尘莫及、无法达到的，由此断定它对我们来说如同虚无。诚然，若“达到”一次含有占有之观念，那必须承认无限是无法达到的。但我们必须记住，人类的终极欢乐并非占有而是收获，同时也等同于没有获得。我们肉身的享乐没有给非现实的东西留有一丝余地，就好像是地球周围被死气沉沉的卫星，周围仅存少量的大气。当饥饿的我们因得到食物而满足时，这仅仅是一种占有行为。但凡饥饿没有被消除，吃就是一种享受。因为此时我们对吃的欲求触及无限的每一点。当它得到满足时，换言之，我们吃的欲望到了无法再吃的极限时，肉体的享乐也就逼近终点。我们所有理性乐趣中的空间是比较宽的，其界限往往很远。在我们全部的更深层次的爱中，得与失往往并驾齐驱。在我们毗湿奴教的一段歌词中，主人公对他的爱人说:“我仿佛从出生到现在都注视着你美丽的眼睛，但我的眼睛却还是饥渴着的；我似乎已经把你紧抱在我的心口几万年了，但我的心仍然不能满足。”

在我们快乐的时候，我们事实上正是在寻求着无限，这首诗清楚地证明了这点。我们想要致富的欲想并非为了一笔数目特定的金额，而是一种无节制的欲望。我们快乐的一刹那不过是触及了永恒的一瞬。人的悲剧就在于试图妄自延伸根本不可能无界的食物的极限——通过在有限的梯子上荒谬地增加横档。

由此我们可以确凿地得知：我们灵魂真正的诉求是超脱于所有的财产。当她环绕于可触可感之物中的时候，她呼唤：“我已厌倦了不断的获取，那从未获得的他在哪儿呢?”

在人类历史上的任何地方我们都能见证舍弃精神是人类灵魂中最深刻的存在。当灵魂提及诸如“我并不想要它，只因我已超脱其上”的话时，她所表述的是自身内在的最高真理。当一个女孩已经长大不再需要玩偶，当她意识到自己各方面都优于玩偶时，她就会将其丢弃。但正是由于占有行为本身，让我们懂得我们比自己所占有的东西更重要。将我们束缚于远不如自己重要的外物之中不得不说是一种不幸。这正像马特列依在丈夫离开她之前将财产都给她时，她问丈夫：“这些外物会帮助一个凡人达到至高者的境界吗?”哦，或者换句话说，“它们对我来说比我的灵魂更可贵吗?”此时她的丈夫回答道:“它们会使你在世俗财富上变得富有。”她立刻就说:“那么这些东西对我而言有什么关系呢?”只有当一个人真正意识到对他拥有的的财富不应抱有更多幻想时，他才能领悟到自身远高于这些东西，那时他才能挣脱束缚，获得自由。这样人类会真正领悟到灵魂是因为超脱了财富，人类在永恒之路上的进步是因为一系列的舍弃。我们不能绝对拥有无限的存在，这不仅仅是一个理性命题。人们必须去体验，在这种体验中获得至高的愉悦。鸟儿在空中飞翔时的每一次扑打翅膀，它都感受着天空的无边，它的翅膀永不可能带它去天际之外的地方，这里是鸟儿的欢乐所在。笼子里的天空则是有限的，或许它可以满足鸟儿生存的全部目标，但也仅仅是生存必须而已。在所需的范围之内鸟儿无法获取快乐，它必须感到比它所要求的和期盼的更多得多，只有这样它才能真正快乐。

因此，我们的灵魂必须在无限中高飞，她必须在不能达到她追求的极限的感觉中感到有至高快乐、终极自由的存在。

人类永久的幸福不在于获得什么，而在于将自身投入比自身更伟大的东西之中。投入比自身更伟大的观念，即祖国的观念、人类的观念和上帝的观念之中。这些观念使人类更易于放弃自身所有的一切，即使生命也不例外。在人没有找到某些能真正使之贡献一切的东西之前，它的存在也许是不幸和可怜的；而这种东西能使他从所附庸的所有物之中解放出来。佛陀和耶稣以及我们所有伟大的先知们都是这种伟大思想的代表，他们在我们之前已抓住了舍弃一切的机会。当他们掏出神圣的斋钵时，我们情不自禁地布施。在布施的过程中，我们发现了最真实的快乐和解脱，因为布施使我们与无限得以合一。

人类并不完美，他们有待于完善。就人类此时的样子来说，他们是渺小的。若我们假想人类固步自封，那我们将会得出人类所能想到的最可怕的地狱概念。但就人类的未来而言，他们是无限的，那里有他们的天堂和他们的解放。他们的现状，就时刻处于能获取什么和既有什么的状态之中。他们的未来，则是追求某种更甚于所能得到的东西，渴望某种从未有过，因此也不曾失去的东西。

我们存在的有限基点在这个需求世界中有它的一席之地。在那里，人们到处寻觅维生的食物，为了获取温暖而穿衣。在这一领域——本能领域中，攫取东西是人类的本能，自然人在为积累更多所得而忙碌着。

但获取的行为是片面的，仅仅局限于人类的必需品。只有我们所要求的限度达到了，我们才能获取某种东西，一如容器只有具备了一定的容量才能盛水那样。我们与食物的关联仅限于吃喝，我们与住所的关系仅限于居住。当一样东西仅适用于我们某种特定需要的时候，我们称其为恩赐。因此获取始终是片面的，绝不可能是别的什么，所以对于这种获取的欲求，仅仅属于我们有限的自我。

但我们存在的另一面，其方向朝向着无限，并非寻求财物，而是追求自由与快乐。在那里，需求性的统治地位结束；在那里，我们的本能不是获取什么而是要成为什么。要成为什么呢？成为与梵合一的人。因为无限的领域是统一的领域，因此《奥义书》中说道："如果人参悟了上帝，那么他就是真实的。"这里所说的是变化而非占有更多。当词句的意义明了时，它们就不会堆砌在一起，因为它们与思想相一致而变得真实。

虽然西方人已经勇敢地断言与圣父合而为一，并劝诫人们奉上帝那样完美的人为导师，然而这种思想绝不会与我们无限存在合一的观念一致。它谴责任何人神合一的意图，并视其为对于上帝的亵渎。这种观点必然不是基督的教义，也不是基督神秘主义者的观点，纵然它已经在西方基督教中蔚然成风。

但是在东方，至高的智者认为，因为任何特殊的目的去利用上帝、索取他，都不是我们灵魂的本职。我们所追求的一切，是与上帝渐渐合为一体。在自然领域，即多样性领域，我们依靠获取而成长；在精神世界，即在统一性的领域，我们依靠舍弃自我、依靠结合而成长。就像我们说过的，获取某种东西是依靠它的本能，只限于某种特殊的需求。但存在是完整的，它从属于我们整体，生命并非从任何基本需求而是从我们与无限的紧密关系中流露出来的。这是我们的灵魂里所蕴含的完美原理。

是的，我们必须成为梵天，我们不必怯于承认这一点。如果我们永远不敢对亲证至高的完满有所希冀，我们的存在就会毫无意义。若我们有一个目标却永远鞭长莫及，那么它也难以称之为目标。

但是反过来说，梵天和我们凡人的灵魂就不存在差异吗？当然其区别是很明显的。这种差异可以称为幻觉或是不可知，无论你叫它其他什么名字，它都是存在着的。你能说明这种差异，但很难把它彻底解释清楚。甚至连幻觉本身作为幻觉都是真实的。

梵即是梵，它是无限完满的概念。但我们还不是事实上的我们，我们迟早会变成真理，变成梵天。在现实与变化的关联中存在着恒久的爱的表现，在这神秘的深处存在着所有真与美的源泉，维系着造物的无尽进程。

在湍急的河流的乐音中中闻听欢愉的自信："我要变成大海。"这不是浮夸的自负，而是真正的谦卑，因为这是真理，河流别无出路。河流哺育着两岸的无数田地、森林、村庄和城市，为他们清洁、提供食物，将它们的生产品从一处运往另一处。但河流只与它们存在部分的关联，无论它们在其中驻留多久，终究要分开。河流无论如何不会变作一座城市或是一片森林。

但是河流却能够、且已经归入大海。静水流深，却与惊涛骇浪交相呼应，产生共鸣。河流沿途流经上千个对象，见到海洋的那一刻，其旅程方抵达终点。

河流可以变为大海，但却无法使大海变为它的一部分或是一段支流。若是有偶然的机会它被广阔的水域所围绕，因而就自称它已经使海洋成为自己的支流的话，我们应马上知道事实绝非如此。河流仍然需要在广阔的海洋中找寻休憩之地，那里不可能是没有边际的。

同样，我们的灵魂就如河流最终变为大海一样，最终的归宿是梵。灵魂只会在某个方面触及其他事物，随后就分道扬镳，却绝不会在脱离梵的范围之外而活动。一旦我们的灵魂顿悟其安歇的归宿在于梵之中，它的全部行为就获得了目的。给无际平静的海洋赋予无尽的活动以非凡的意义。正是这存在的完美给予变化的不完美以美的特征，在所有的诗歌、戏剧和别的艺术形式中都能看到它的表现。

这里一定有一种完满的思想，它能催生一首诗。而这首诗的每一句都要触及这种思想。当读者吟诵此诗，感悟其中的思想时，读诗对他来说就是莫大的愉悦。因而这首诗的全部的光辉使得它的每一部分的意义变得不同寻常。但若是这首冗长的诗写下去，却无法表达全部的思想，只是写了一些斑驳零碎的浮光掠影，那无论它写得多么美，最终也会令人生厌，毫无裨益。我们灵魂的进阶就如同一首完美的诗篇，它一旦参悟无限的思想就能使全部活动充满了意义和快乐。但倘若我们的活动与最终的思想相左，若我们对无限的安歇视而不见，眼中只有无限的活动，那么存在对我们而言只表现为一种荒诞的怪兽，暴烈地冲向无尽的虚空。

我记得在我们的童年有一位老师，曾让我们记诵整本用符号记录的梵文语法，而不向我们解释其含义。我们日复一日地学习，但却对朝向的目标一无所知，因此对于我们所学的课程，我们只是以悲观主义的方式来注视这世界上死气沉沉的活动，而忽略了无限完美的清静之地，而这些活动无时无刻不在绝对的适应和和谐中获得均衡。在这种作壁上观的生活中，我们失去了全部的快乐，因为我们遗失了真理所在。我们看到舞蹈家的舞姿，却对于这使得每一个动作都变得自然、优美的永恒乐声充耳不闻，所以我们会假想这些舞姿都是被一种偶然而残忍的暴行所操控着。然而这些舞姿正步入完美的音乐之中，与其融为一体，每一步都创造着多样的形式，贡献给美妙的音乐。

这是我们灵魂的真理，这是我们灵魂的欢乐所在，她必须向着梵的方向成长，她的一切所为都要由最终的思想所调节。她的一切创造都将作为供奉，献给完满的至高的精神。

《奥义书》中有一句至理名言："我不认为我很了解他，或者说我了解他，抑或是我不了解他。"

我们永远无法仅凭认知过程去感知无限的存在。若他完全在我们触不可及的地方，那么他对我们而言就是绝对的不存在。因而这真理就是：我们不了解他，我们也了解他。

《奥义书》中的另一句名言曾对此阐释如下："从梵的词句和思想中了解梵，都将重归于迷惑，但是通过梵的愉悦而了解梵的人会从一切恐惧中解脱。"

学识是不完美的，理性只是我们的一种工具，只是我们的一部分，它能提供可被分析和分类的事物的相关信息，理性知识的特性就在于能按照局部来分门别类，而梵代表完满，绝对不可能是片面的知识。

但我们可以凭借喜乐与爱来感悟梵，而不能简单地用言语来描述它。它只能被我们的灵魂、灵魂的愉悦和爱来参悟，换言之，我们只有通过结合，全部生命的结合来和梵发生关联，我们必须与圣父合二为一，我们必须要如他一般完美。

但是要怎么去做呢？在无限的完美中不可能有等级之说，我们无法一级级地进阶为梵，梵是绝对的一，在梵中没有多或少的存在。

诚然，在我们内在的个体灵魂中亲证最高灵魂，是一种完满的状态。我们不能认为最高灵魂似乎不存在，而妄图通过自身有限的力量逐步建立起来。倘若我们与神的关联都是我们自己臆造的，那么我们为何还要相信他呢？它又如何给予我们支持呢？

是的，我们必须明白，我们内心有一个不为时空所支配的地方，进化的链条在那里融为一体。在那一处自我及灵魂的处所中，对于最高我的亲证已经达成。故而《奥义书》中说："了解梵的人是真实的人、具有完全意识的人、是在灵魂的深处——最高的天空（内在意识的天空）中蕴藏着无限的人。在他与梵结合为一体的时候能实现所希冀的全部目标。"

结合完成时，最高灵魂亲自将我们的灵魂选作他的新娘，并完成了婚礼，说出庄重的誓词："愿你我心心相印！"在这个为了进化而举行的婚礼中，并未给司仪留有席位。eshah 一词除了表述"这个"之外，不能被曲解为他意，它是无名的、直接的表现，永存于我们的内在生命之中。"eshah 或者说'这个'，是另一个至高目标。""所谓'这个'是我们另一笔至高财富。""所谓'这个'，是另一处至高居所。""所谓'这个'，是我们另一份至高喜乐。"既然至爱的婚礼已经在永恒的时间中完成，如今无止境的这爱的竞赛仍要继续下去。那些曾经获得永恒的人们，在时空里、在悲与喜中、在世上以及世外被追寻。当灵魂新娘充分体悟这一点的时候，她的内心是喜悦而平静的。她明白她已经抵达自己生命的另一端汇聚而成的海洋；而在彼端她永远前行在到达此端的路上。一端是永恒的平静与完满，另一端却是不间断的运动和变化。当她知道这两端是密不可分的时候，她领悟到这世界的主宰正是自己的君王，从而将这世界视作自己的家庭。随后她所有的奉献都变成了爱的奉献。她承受住了生命所有的烦恼和苦难，经受住了这些考验的她证明了她爱的力量，从而从她的爱人那里博得了允诺。但只要她执拗地留在黑暗中，不愿揭开面纱，无法认出她的爱人，所知唯有世界已将她的爱人分隔，她就只能在这儿当侍女，纵是她本应有权以女皇的身份统治这里。她在犹疑中彷徨，在悲伤沮丧中哭泣。“她从饥饿走向饥饿，从烦恼走向烦恼，从畏惧走向畏惧。”

有首歌的片段让我难忘。那是在大清早，黎明时分，我听见那些从昨夜节日庆典中归家的人们在喧闹中唱道:“艄公啊，将我渡向彼岸!”

在我们工作的繁乱中传来“渡我过河”的喊声。印度的马车夫赶车的时候，这么唱:“渡我过河!”流动杂货铺的商贩在向客人售货的时候，也唱道:“渡我过河!”

这句呼号的意义何在呢？我们感到我们没有达到目标，我们深知倾尽全部努力和辛劳也不会到达终点，不会实现我们的目标。就如同一个孩子对自己所拥有的玩偶感到不满足，我们的心哭喊着:“不是这个，不是这个!”那我们所要的到底是什么呢？哪里又是更远的彼岸？

除了我们拥有的以外还能有别的事物吗？还是我们能去所处之地以外的别的地方？是要不顾所有的工作去休息吗？

还是要卸下人生的所有职责？

不！在我们活跃着的真正的内心，我们在寻找我们的终点。甚至就在我们所站之处，我们为了到达彼岸而呼号。所以，正当我们的双唇祈祷着“带我走”的时候，我们的双手也从未停歇。事实上，存在你快乐的海洋中，此岸和彼岸在你身上合而为一。当我将“这一个”宣称为自己的时，“另一个”就被疏远了，完满的概念就从我的心中迷失。当我心中不停呼唤着“另一个”的时候，我所有的“这个”和“另一个”都期待在爱中融为一体。我的这个“我”为了他自认为属于自己的家夙兴夜寐，却不知只要不将此岸的家称为你的，这苦难就会没有尽头，还要继续挣扎，内心还要哭喊：“艄公，渡我过去！”当我此岸的家成为你的，就在这一瞬间被渡了过去，纵使还有古老的墙壁围绕着它。这个“我”无眠无休，它为了获得而工作着，这与它不可阻挡或阻碍的精神绝无相似。当它用尽全力张开双臂想抱住彼岸时，伤害了彼岸，也转而伤及自身，只能哭嚎着“渡我过去”；不过一旦此岸的我能说出“我的工作都从属于你”，一切如常，只有此岸的我得以渡过。

除了此岸的我的家也是你的之外，我能在何处和你相遇？除了此岸能把我的工作变成你的工作之外，我在何处又能和你相会？倘若我离开我的家我将无法前往你的家，倘若我停下我手头的工作我将不能与你的工作相结合。因为你中有全然的我，而我中有你。离开彼此的我们都将沦为无物。

因此在我们的家和工作中，“渡我过去”的祈求应运而生。因为这里大海汹涌翻腾，这里有等待我们前往的彼岸——这里是此岸永恒的当下，不在远方，不在别处。

思想残片

一

昨天夜里，我梦见自己变成了母亲在世时的那个小男孩。她坐在恒河岸边一幢花园洋房的屋子里，我经过的时候完全没有注意到她。突然间，一个念头带着难言的热望闪过我的脑海，我的母亲就在那里。我立即停下脚步，回到她身旁，低俯下身用额头触碰她的脚。她握起我的手，深深看向我的脸庞，说道:“你终于来了!”

在这大千世界，我们总是粗心地经过“母亲”所在的房间。当我们需要食物时，她的储藏室为我们而开，我们要睡觉时，她为我们整理床铺。唯有那触摸和呼唤是缺失的。我们行走四方，却从未接近过自己的本质存在，从未被握着手迎候:“你终于来了!”

二

东方破晓，如同蓓蕾钻出叶鞘，开出一朵花儿。但如果这个事实仅仅属于发生在外部世界的事件，我们又如何能够找到进入的大门？在我们意识的天空里日出东方，这是一项新的创造，是我们生命中初绽的花儿。

睁开双眼看看这世界吧。像笛子感受音乐的呼吸，你感到世界轻轻拂过，感到你意识的深处涌动创造的喜悦。遇见晨光沐浴你存在的威严，你们融合为一。可如果你将视线移开，你便在创造的小室外筑起了森严的壁垒，外部事件和你的创造意识再不能相见。

三

我的一个熟人突然去世了，又一次让我了解了死亡，这世上最老生常谈的哲理。

我们常被教导，在死神的注视下，世界便显得虚假。但死神也让舍弃变得容易，他警醒世人，名望既不真实，也不值得炫耀。既然事物已然失去了它们的价值，舍弃也就不成其为舍弃了。

然而正相反，世界是如此的真实，死神的车轮并没有在上面留下任何辙痕。相信我们自身永久不断的损耗，能够掠夺世界的一分一毫，这才是谎言。死神仅仅关注我们，而非这个世界。世界未伤分毫，只有我们自己承受那苦痛。

四

在印度的典籍里，世界被想象成一颗蛋。如果这是事实，那么住在这颗蛋里的人，他的目标一定是破壳而出，变得更为自由。

世界为我们提供食物和住所，从四面八方将我们围绕。狭隘的感官和思维将我们的世界打造成了一个蛋，我们的意识便局限其中。若是我们能拓展它哪怕很小一部分的边界，若是几缕看不见的光能穿透我们的感知范围，若是创造之舞的律动能在我们意识里新安的琴弦上得到回应，那么我们的世界的面貌将焕然一新。

从我们的感知与精神想象的束缚中解放出来，拥抱更广阔的自由，便意味着不朽。在被囚困的现阶段，我们要如何想象自由的无边无际？仅仅从蛋壳里获得信息，雏鸡要如何想象破壳后见到的世界是什么模样？

五

一个真正的富人与穷人间的区别在于，前者的家里拥有大量空余的空间。富人塞满屋子的家具也许花费不菲，但是他敞亮的庭院，宽广的花园才真正价值连城。商人的营业所里堆满了他的货物——在那里，没有办法拓展空间，他的财富少得可怜，即便是百万富翁，他也同样一贫如洗。然而当这商人回到自己的家中，以他房间的长度、宽度与高度藐视单纯的实用价值——更不必说他那看不到边的花园了——赋予空间应有的荣耀。在这里，商人才真正富有。

不仅是闲置的空间，闲暇的时间也同样拥有无上价值。富人由于财富充裕，能够为休闲的时光买单。事实上，我们可以凭这一点判断一个人是否真正富足，真正的富人可以让田地休耕很长一段时间内，对于粮食的需求也不能够迫使他去耕耘。

然而，还有另一处地方，它的广袤无垠凌驾于一切财富之上——那个地方就是我们的心灵。我们必须思考，因此心灵不得安宁，唯余担忧。思索成为附着在穷人心头的悲惨负担，正如常春藤攀上破庙的断壁残垣。

苦痛关闭了一切通向心灵的大门。健康可以被定义为身体知觉处于潜伏的状态，如同一片空旷的荒野。即便是最末端的一根脚趾头染上了痛风，疼痛也会填满我们的全部意识，甚至连心灵的一隅也不放过。

六

一日的清晨有着鸟儿的啭鸣，生命的破晓也伴随婴儿的啼音。每一个家庭都传出生命之歌那纯美的音符。人世里青春的芳华，总不断被尘垢冲刷，在岁月无情的抚摩下春归人老。然而生命的奔流从未止息，源头活水日日更新。人间大门上，孩子们的敲叩声此起彼伏，清晨的信使，报送的旋律日复一日。

今天，生命的呼唤从周围孩子们的欢歌笑闹中传来，在我的心里得到了呼应。我感到造物之神通过孩子们发出了真实的声音，便在孩童的心里筑巢安了家。

七

人的伟大有如朝阳，它的地平线是那样遥不可及。实际上，人类生活在距离自己遥远的他方。为了陌生的主人他劳劳碌碌，为了没有出世的孩子他贮藏财富，为了尚未来临的收割人他将生命里最大一次丰收留在了田地。对他而言，即将到来的日子比正在流逝的时光更为真实。为了未来的一切，人类甘愿献祭自己；希望是指引他前进路途的动力。这一切都表明，人类还未降生，他的历史就是分娩的阵痛史。我们之中最伟大的那些人，在他们的人生里带来了人类即将诞生的消息；他们是居住在未来的先知，让我们为将来做好准备。他们向我们揭示一个真理，人的荣耀不在于苦难的缺席，而是将这苦难化为创造力，在阵痛中诞下新的生命。这就像是一棵树，枝叶储存着太阳的光与热，只待一朝结出硕果累累。熄灭了痛苦的火焰，人类或许能找到安慰，进入生命的蛰伏期，时光是停滞的，现在被封存起来；但是只要驾驭了这火焰，他就点燃了智慧之灯，照亮了无尽的未来。

八

一大块石头是不可塑造、麻木迟钝、没有生命力的，它阻碍了艺术家创造性的构想。但是对于一个雕刻家，这一障碍恰恰转化成了一种优势，他可以在上面雕刻出内心的形象。我们的物质存在对于我们的精神而言是一个障碍，从各方面看它都是一种束缚，对于我们的灵魂显然是永久的屈辱。正因为如此，它也是我们的灵魂用以显示自己的最佳载体，她将镣铐雕饰成玉镯，用以宣告自身的自由。我们外在环境的局限只是为我们的灵魂提供契机，在对环境的藐视中，她实现了她的真理。

九

当我还是个孩子的时候，上帝也变成一个孩子，好做我的玩伴。否则我的缺陷会让我颓丧，每时每刻都将是一个痛苦，却又并不彻底。我整天忙于微不足道的事情，和尘埃与枯枝制成的玩具嬉戏。但尽管如此，这些事情对于我仍是珍贵的，我的玩具上附着的价值使它们丝毫不逊于大人的玩物。童年的威严为我赢得了全世界的敬意，因为它显示出了无限的渺小。

出于同样的原因，青年有权宣称自己已臻完美而不会受人轻视。永葆青春的上帝，为青年加冕花冠，轻声在他耳旁附语，他是世界上一切财富的合法继承人。

在我们美丽的童年里，在我们有力的青春里，在我们智慧的老年里，无限都与我们同在；一同玩耍，一同收获，又一同耗费。

十

夜空之美包含了极端威严的力量。然而它向我们展示出一种和谐，这和谐一定是在一切世间活动的中心，发出一个寂静的声音，那便是音乐本身。因为我们得以观察夜晚的世界，这时远的和近的都在眼前，我们便能看清其中究竟什么是真——它的美和深不可测的宁谧。通过死亡，我们发现了某一伟大生命的不朽，同样也看到了和平的启示。佛陀的深广灵魂如夜空般展现在我们面前，通过他所有的努力、悲伤和为了人类的慈悲辛劳，我们看到了力量的保持和静止的极致之美。我们渺小的人类，生活领域过于狭窄，因此矛盾被过分夸大，以至于我们看到的真相都残缺不全。但我们可以肯定，在生命的泉流里，当我们越过了死亡，这些矛盾就归于和谐，因为真是包容万物的，而美是真的表达。

十一

一幅画着花儿的图画，在植物图鉴里只是一个信息，一旦我们认识了它，其使命也就完成了。但在纯艺术中，它是个人思想的传达。因此，只有当这朵花儿在我们内心深处得到了呼应，它的目的才最终达成。我们可以仅仅将存在物当作一本为我们提供知识的教科书，这样也不会产生任何失望。

但我们知道，它的使命还远未结束。因为我们在万物中获得的欣悦，才是它存在的宗旨，我们感应到与它的交流，最终的回响不是掌握多少知识，而是我们的存在与之呼应。

十二

没有火焰会永远燃烧。油尽灯枯，风起灯灭，灯盏本身亦常常跌碎。在不断的刺激下，我们可能会宣称，黑暗的力量才是终极真实的，或者通过点亮灯火我们造出了光。但事实上，光的每一次熄灭只是为了证明光的源泉没有尽头，而人真正的能力也不过在于，他能一遍又一遍地确证这一点。